Über dieses Buch

Vladimir Nabokov, geboren am 23. April 1899 in St. Petersburg, emigrierte nach der Oktober-Revolution mit seinen Angehörigen und studierte bis 1923 in Cambridge Slawistik, Romanistik und Entomologie. Von 1923 bis 1937 lebte er in Berlin, später in Paris, und schrieb in russischer Sprache Gedichte, Essays und erzählerische Prosa. 1940 ging er in die USA. Hier schrieb er Romane, Erzählungen und zahlreiche lepidopterologische Arbeiten (er war ein in Fachkreisen hochangesehener Schmetterlingsforscher). Nabokov starb am 2. Juni 1977 in Montreux (Schweiz).

Von Vladimir Nabokov erschienen in der Reihe der rororo-Taschenbücher bzw. im Rowohlt Verlag außerdem: die Romane «Maschenka» (Nr. 4817), «König Dame Bube» (Nr. 12387), «Lushins Verteidigung» (Nr. 40062), «Die Mutprobe» (Nr. 5107), «Verzweiflung» (Nr. 1562), «Einladung zur Enthauptung» (Nr. 1641), «Das wahre Leben des Sebastian Knight», «Das Bastardzeichen» (Nr. 5858), «Lolita» (Nr. 625), «Professor Pnin» (Nr. 12141), «Fahles Feuer», «Ada oder Das Verlangen» (Nr. 4032), «Durchsichtige Dinge» (Nr. 5756), «Sieh doch die Harlekins!» und «Der Späher», ferner die Bände mit Erzählungen «Frühling in Fialta» (Nr. 4975) und «Der schwere Rauch». Gesammelte Erzählungen» sowie die Memoiren «Sprich, Erinnerung, sprich». «Der Zauberer» liegt auch in zwei Toncassetten, gelesen von Armin Mueller-Stahl, in der Reihe «Literatur für KopfHörer» vor. Innerhalb der Gesamtausgabe erschienen bisher: «Sämtliche Erzählungen» (2 Bände; 1989) und eine kommentierte Ausgabe von «Lolita» (1989). In der Reihe «rowohlts monographien» erschien als Band 328 eine Darstellung Nabokovs mit Selbstzeugnissen und Bilddokumenten von D. E. Morton.

«Ich habe von kaum einem Erzähler unserer Epoche soviel über das menschliche Leben erfahren wie von Nabokov ... ‹Der Zauberer›, ein nachdenkliches und vielschichtiges Prosastück von beängstigender Intensität.» (Marcel Reich-Ranicki, FAZ)

«Nabokovs sprachlicher Meisterschaft gelingt es, diesen Pädophilen nicht als ein Monstrum darzustellen, sondern als einen an seiner Triebverstrickung leidenden Liebhaber, der das Objekt seiner Begierde lange scheu umkreist, ehe es zu der Katastrophe in dem Hotel kommt. Lolitas Vorläuferin vermag durchaus ein Publikum zu interessieren, das die spätere Aufbereitung des Themas bereits kennt.» (Otto F. Beer, «Der Tagesspiegel»)

Vladimir Nabokov
DER ZAUBERER

*Aus dem Englischen von
Dieter E. Zimmer*

Rowohlt

Übersetzt nach der 1986 im Verlag G. P. Putnam's Sons,
New York, unter dem Titel *The Enchanter*
erschienenen englischen Übertragung
des unveröffentlichten russischen Originals
Wolschebnik durch Dmitri Nabokov
Umschlagillustration Britta Lembke
Umschlagtypographie Jürgen Kaffer

Veröffentlicht im Rowohlt Taschenbuch Verlag GmbH,
Reinbek bei Hamburg, Februar 1990
Copyright © 1987, 1989 by Rowohlt Verlag GmbH,
Reinbek bei Hamburg
Veröffentlicht im Einvernehmen mit
The Estate of Vladimir Nabokov
Bemerkungen des Autors I Copyright © 1957 by Vladimir Nabokov
Bemerkungen des Autors II Copyright © 1986 by Article 3 B Trust
under the Will of Vladimir Nabokov
Copyright *Wolschebnik* Véra Nabokov und Dmitri Nabokov
als Trustees of Article 3 B Trust
under the Will of Vladimir Nabokov
Über ein Buch mit dem Titel Der Zauberer
Copyright © 1986 by Dmitri Nabokov
Alle deutschen Rechte vorbehalten
Satz aus der Janson (Linotronic 500)
Gesamtherstellung Clausen & Bosse, Leck
Printed in Germany
780-ISBN 3 499 12696 6

DER ZAUBERER

Der Zauberer

«Welchen Vers nur soll ich mir auf mich machen?» dachte er, wenn er dachte. «Lüsternheit kann es nicht sein. Die grobe Sinnlichkeit ist eine Allesfresserin; die raffinierte Sorte setzt Sättigung voraus. Zwar habe ich fünf oder sechs normale Affairen gehabt – doch wie läßt sich ihre fade Beliebigkeit mit meiner einzigartigen Flamme vergleichen? Wie es erklären? Gewiß nicht mit der Arithmetik orientalischer Ausschweifung, bei der die Zartheit der Beute ihrem Alter umgekehrt proportional ist. O nein, für mich ist es nicht der Grad eines Allgemeinen, sondern etwas völlig anderes als das Allgemeine; nicht etwas besonders Schätzenswertes, sondern unschätzbar. Was also ist es dann? Eine Krankheit? Eine kriminelle Neigung? Und verträgt es sich mit Gewissen und Scham, mit Skrupelhaftigkeit und Furcht, mit Selbstbeherrschung und Empfindlichkeit? Denn auch nur in Erwägung zu ziehen, daß ich Schmerz verursache oder unvergeßlichen Widerwillen errege, bringe ich nicht über mich. Unfug – ich bin keiner, der vergewaltigt. Den Grenzen, die ich meinem Verlangen gesetzt habe, den Masken, die ich dafür erfinde, wenn ich mir im wirklichen Leben eine absolut unsichtbare Methode herbeizaubere, meine Leidenschaft zu stillen,

ist eine gnädige Spitzfindigkeit eigen. Ich bin ein Ta-
schendieb, kein Einbrecher. Obwohl, auf einer kreis-
runden Insel vielleicht, mit meinem kleinen weiblichen
Freitag... (es wäre keine Frage bloß der Sicherheit,
sondern der Lizenz, ein Wilder zu werden – oder ist das
ein Teufelskreis mit einer Palme in der Mitte?).

Da ich mit dem Verstand weiß, daß die Euphrat-
Aprikose nur als Konserve schädlich ist; daß Sünde und
bürgerliche Sitte untrennbar sind; daß jede Hygiene
ihre Hyäne hat; da ich darüber hinaus weiß, daß eben
dieser Verstand nicht abgeneigt ist, zu vulgarisieren,
wozu ihm sonst der Zugang verwehrt ist... Doch ich
will alles dies beiseite lassen und mich auf eine höhere
Ebene begeben.

Was, wenn der Weg zur wahren Wollust tatsächlich
durch eine noch zarte Membran führte, die noch keine
Zeit hatte, hart zu werden, sich überwuchern zu lassen,
den Duft und den Schimmer einzubüßen, durch die
man zu dem funkelnden Stern jener Wollust dringt?
Selbst innerhalb dieser Grenzen gehe ich auf kultivierte
Weise wählerisch vor; nicht zu jedem Schulmädchen,
das mir über den Weg läuft, fühle ich mich hingezogen,
ganz und gar nicht – wie viele bekommt man auf einer
grauen Morgenstraße zu sehen, die drall sind oder dünn
oder ein Halsband aus Pickeln haben oder eine Brille
auf – diese Art interessiert mich in amouröser Hinsicht
so wenig wie andere vielleicht irgendeine unansehn-
liche Bekannte. Jedenfalls fühle ich mich mit Kindern
allgemein ganz einfach wohl, unabhängig von irgendwelchen besonderen Empfindungen; ich weiß, daß ich
einen höchst liebevollen Vater im üblichen Sinn des

Wortes abgäbe, und kann bis heute nicht entscheiden, ob es sich da um ein natürliches Komplement handelt oder um einen dämonischen Widerspruch.

Hier berufe ich mich auf das Gesetz der Gradation, das ich verworfen habe, wo ich es beleidigend fand: Oft habe ich versucht, mich beim Übergang von einer Art der Zärtlichkeit zu einer anderen zu ertappen, von der einfachen zur besonderen, und sehr gern wüßte ich, ob sie sich gegenseitig ausschließen, ob sie schließlich doch verschiedenen Gattungen zugewiesen werden müssen oder ob die eine in der Walpurgisnacht meiner düsteren Seele eine seltene Blüte der anderen ist; denn wenn sie zwei verschiedene Wesenheiten sind, dann muß es auch zwei verschiedene Arten von Schönheit geben, und wenn der ästhetische Sinn zum Essen geladen wird, setzt er sich krachend zwischen zwei Stühle (das Los eines jeglichen Dualismus). Andererseits finde ich die Rückreise vom Besonderen zum Einfachen ein wenig verständlicher: Jenes wird sozusagen im Moment der Befriedigung subtrahiert, und das scheint doch darauf hinzudeuten, daß die Summe der Empfindungen in der Tat homogen ist, falls die Regeln der Arithmetik hier tatsächlich anwendbar sind. Es ist sonderbar, sonderbar – und am sonderbarsten ist vielleicht, daß ich unter dem Vorwand, mir bemerkenswerte Gedanken zu machen, lediglich eine Rechtfertigung suche für meine Schuld.»

Solchermaßen ungefähr zappelten seine Gedanken. Er hatte das Glück, einen kultivierten, präzisen und recht einträglichen Beruf auszuüben, einen, der seinen Geist erfrischte, seinen Tastsinn zufriedenstellte, seinem Gesichtssinn mit einem glänzenden Punkt auf schwarzem Samt Nahrung gab. Es gab da Zahlen und Farben und ganze Kristallsysteme. Zu Zeiten war seine Phantasie monatelang gefesselt, und nur gelegentlich einmal klirrte die Kette. Da er sich mit vierzig Jahren zudem durch fruchtlose Selbstaufopferung ausreichend gequält hatte, hatte er seine Begierde beherrschen gelernt und sich heuchlerisch mit dem Gedanken abgefunden, daß schon überaus glückliche Umstände zusammenzukommen hätten, das Schicksal ihm höchst unversehens ein günstiges Blatt zuteilen müßte, damit es je zu einem augenblicksweisen Anschein des Unmöglichen kommen konnte.

Sein Gedächtnis bewahrte jene wenigen Augenblicke mit melancholischer Dankbarkeit (sie waren ihm ja doch zuteil geworden) und melancholischer Ironie (er hatte schließlich das Leben doch überlistet). So hatte er in seinen Studententagen am Polytechnikum kein einziges Mal die jüngere Schwester eines Kommilitonen gestreift, der er Nachhilfeunterricht in Geometrie gegeben hatte – ein schläfriges, blasses Mädchen mit samtenem Blick und einem Paar schwarzer Zöpfe –, doch die bloße Nähe ihres Wollkleids hatte genügt, daß die Zeilen auf dem Papier erzitterten und sich auflösten, daß alles in angespanntem, heimlichem Trott in eine andere Dimension hinüberwechselte – und hinterher war da wieder der Holzstuhl, die Lampe, das kritzelnde Schulmädchen. Seine anderen Glücksmomente waren von der gleichen lakonischen Art gewesen: ein zappeliges Kind mit einer Haarlocke über einem Auge in einem ledergepolsterten Büro, wo er auf ihren Vater wartete (das Klopfen in seiner Brust – «Sag mal, bist du kitzlig?»); oder jene andere, die mit den pfefferkuchenfarbenen Schultern, die ihm in der durchgestrichenen Ecke eines sonnenhellen Hofs etwas schwarzen Salat zeigte, der ein grünes Kaninchen fraß. Es waren dies armselige, hastige Augenblicke gewesen, zwischen denen Jahre des Umherstreifens und der Suche lagen, doch hätte er sich jeden von ihnen sonst etwas kosten lassen. (Kuppler jedoch blieben aufgefordert, sich herauszuhalten.)

Wenn er sich jene äußerst seltenen Vorkommnisse ins Gedächtnis rief, jene kleinen Geliebten, die des Inkubus nicht einmal gewahr geworden waren, dann staunte er auch, wie ihm ihr späteres Schicksal auf geheimnisvolle Weise hatte entgehen können; und dennoch, wie oft hatte ihn auf einem schäbigen Rasen, in einem vulgären Stadtbus oder auf einem Stück Strandsand, der höchstens als Futter für ein Stundenglas zu brauchen war, eine schlimme, voreilige Wahl betrogen, hatte das Schicksal seine innigen Bitten ignoriert, war seine Augenfreude unterbrochen worden von der rücksichtslosen Wende, die die Dinge nahmen.

Dünn, mit trockenen Lippen, einem schon leicht kahl werdenden Schädel und immer wachsamen Augen – so nahm er jetzt Platz auf einer Bank in einem städtischen Park. Der Juli hatte die Wolken abgeschafft, und einen Augenblick später setzte er den Hut auf, den er in seinen weißen, schmalfingrigen Händen gehalten hatte. Die Spinne hält inne, der Herzschlag setzt aus.

Links von ihm saß eine ältliche Brünette mit roter Stirn, die Trauerkleidung trug; zu seiner Rechten strickte eine Frau mit schlaffem, stumpfblondem Haar fleißig vor sich hin. Mechanisch folgte sein Blick den Kindern, die im farbigen Dunst hin und her flitzten, und seine Gedanken waren anderswo – bei seiner gegenwärtigen Arbeit, der einnehmenden Form seiner neuen Fußbekleidung –, als er neben seinem Schuhabsatz zufällig eine große, von den Kieseln teilweise verdeckte Nickelmünze bemerkte. Er hob sie auf. Das lippenbärtige Weib zur Linken reagierte auf seine entsprechende Frage nicht; das farblose zur Rechten sagte:

«Stecken Sie sie ein. An ungeraden Tagen bringt sie Glück.»

«Wieso nur an ungeraden Tagen?»

«So sagt man in meiner Heimat, in...»

Sie nannte den Namen einer kleinen Stadt, wo er einst die verschnörkelte Architektur einer winzigen schwarzen Kirche bewundert hatte.

«...naja, wir wohnen auf der anderen Flußseite. Am Hang sind überall Gemüsegärten, es ist reizend da, es gibt weder Staub noch Lärm...»

Eine Geschwätzige, dachte er – sieht aus, als müßte ich mich woandershin setzen.

Und an dieser Stelle geht der Vorhang hoch.

Auf Rollschuhen, die nicht rollten, sondern auf dem Kies knirschten, wenn es sie mit kleinen japanischen Trippelschritten hob und senkte, kam schnell und bestimmt ein veilchenblau gekleidetes zwölfjähriges Mäd-

chen (er irrte nie) durch das unstete Glück des Sonnen-
scheins auf ihre Bank zu. In der Folge (solange es eine
Folge gab) kam es ihm vor, als hätte er sie auf der Stelle,
gleich im allerersten Moment ganz und gar, von Kopf
bis Fuß in sich aufgenommen: die Lebhaftigkeit ihrer
rostbraunen (unlängst geschnittenen) Locken; das
Strahlen ihrer großen, ein wenig leeren Augen, das irgendwie an durchscheinende Stachelbeeren erinnerte;
ihren fröhlichen warmen Teint; ihren rosa Mund, der
leicht offen stand, so daß zwei große Schneidezähne
knapp auf der vorspringenden Unterlippe auflagen; die
sommerliche Färbung ihrer bloßen Arme mit den glatten, fuchsartigen Härchen auf den Unterarmen; die un-
deutliche Zartheit ihrer immer noch engen, aber schon
nicht mehr ganz flachen Brust; die Art, wie sich die Falten ihres Rocks bewegten; deren Knappheit und weiche
Höhlungen; die Schlankheit und das Glühen ihrer un-
besorgten Beine; die groben Riemen ihrer Rollschuhe.

Sie blieb vor seiner redseligen Nachbarin stehen, die
sich abwandte, um in etwas zu kramen, das zu ihrer
Rechten lag, eine Scheibe Brot mit einem Stück Scho-
kolade darauf zutage förderte und sie dem Mädchen
aushändigte. Unter raschem Kauen löste letzteres mit
seiner freien Hand die Riemen und mit ihnen die ganze
gewichtige Masse der Stahlsohlen und massiven Räder.
Dann kehrte sie heim zu unseresgleichen auf die Erde,
richtete sich mit einer sogleich sich einstellenden Empfindung himmlischer Barfüßigkeit auf, die nicht sofort
als das Gefühl rollschuhloser Schuhe identifizierbar
war, und ging bald zögernd, bald leichtfüßig davon, bis
sie schließlich (wahrscheinlich weil sie mit dem Brot

fertig war) geschwind davonschoß, die befreiten Arme schwenkend, bald sichtbar und bald unsichtbar, sich mit dem verwandten Spiel des Lichts unter dem Veilchenblau und Grün der Bäume vermengend.

«Ihre Tochter», bemerkte er unsinnigerweise, «ist schon ein großes Mädchen.»

«Aber nicht doch – wir sind nicht verwandt», sagte die Strickerin. «Ich selber habe keine, und ich bereue es nicht.»

Die Alte in Trauerkleidung begann zu schluchzen und ging. Die Strickerin sah ihr nach, setzte ihre flinke Arbeit fort und zog von Zeit zu Zeit mit einer blitzartigen Bewegung den schleppenden Schwanz ihres Wollfetus zurecht. Lohnte es sich, das Gespräch fortzusetzen?

Die Fersenstützen der Rollschuhe glänzten neben dem Fuß der Bank, und die lederbraunen Riemen starrten ihm ins Gesicht. Dieses Starren war das Starren des Lebens. Seine Verzweiflung war jetzt verdoppelt. Die noch immer lebendigen früheren Verzweiflungen waren überlagert von einem neuen und besonderen Ungeheuer... Nein, er durfte nicht bleiben. Er lüftete den Hut («Adieu», erwiderte die Strickerin freundlich) und entfernte sich quer über den Platz. Seinem Selbsterhaltungstrieb zum Trotz wehte ihn ein geheimer Wind zur Seite, und sein ursprünglich als gerade Transversale angelegter Weg wich nach rechts in Richtung der Bäume ab. Obwohl er aus Erfahrung wußte, daß jeder weitere Blick seine hoffnungslose Sehnsucht nur verschärfen würde, vollendete er die Schwenkung hin in den schillernden Schatten, und verstohlen suchten seine

Augen inmitten der anderen Farben den veilchenblauen Tupfen.

Auf der Asphaltbahn ertönte betäubender Rollschuhlärm. Am Rand war ein privates Hopse-Spiel im Gange. Und da... Sie wartete, daß sie an die Reihe käme, hatte einen Fuß seitwärts ausgestreckt, verschränkte die glühenden Arme über der Brust, hielt den verschleierten Kopf gesenkt, strahlte eine wilde, kastanienbraune Hitze aus, und unter seinem schrecklichen, unbemerkten Blick schwand sie, schwand die veilchenblaue Schicht, löste sich auf in Asche... Nie zuvor jedoch war der Nebensatz seines furchtsamen Lebens von dem Hauptsatz vervollständigt worden, und mit zusammengebissenen Zähnen ging er vorüber, erstickte seine Ausrufe und Seufzer und lächelte flüchtig einem kleinen Kind zu, das ihm zwischen die scherengleichen Beine gelaufen war.

«Zerstreutes Lächeln», dachte er übertrieben gefühlvoll. «Aber schließlich sind nur Menschen fähig zur Zerstreutheit.»

Bei Tagesanbruch ließ er benommen sein Buch sinken, so wie ein toter Fisch die Flosse anzieht, und begann sich plötzlich selber Vorwürfe zu machen: Warum, fragte er, hast du der Niedergeschlagenheit der Verzweiflung nachgegeben, warum hast du nicht versucht, eine richtige Unterhaltung anzuknüpfen und dich dann mit dieser Strickerin, dieser Schokoladenfrau, dieser Gouvernante oder was weiß ich anzufreunden? Und er stellte sich einen jovialen Herrn vor (dessen innere Organe im Augenblick seinen eigenen glichen), der auf diese Weise – dank eben seiner Jovialität – die Gelegenheit herbeizuführen vermochte, «Dich-schlimmes-kleines-Mädchen-dich» zu sich auf den Schoß zu nehmen. Er wußte, er war nicht sehr umgänglich, doch erfinderisch, hartnäckig und imstande, sich Liebkind zu machen; mehr als einmal hatte er in anderen Gefilden seines Lebens einen Tonfall improvisieren oder sich zähe Mühe geben müssen, unbeirrt davon, daß sein unmittelbares Ziel bestenfalls in mittelbarer Beziehung zu seiner entfernteren Absicht stand. Doch wenn das Ziel dich blendet, dir die Luft raubt, dir die Kehle zuschnürt, wenn gesunde Scham und kränkliche Feigheit jeden deiner Schritte verfolgen...

Inmitten der anderen kam sie über den Asphalt gerasselt, schwang weit vornübergeneigt rhythmisch die entspannten Arme, sauste mit siegesgewisser Geschwindheit vorbei. Als sie sich behende umwandte, flappte ihr Rock hoch und entblößte ihren Schenkel. Dann saß ihr das Kleid hinten so eng, daß es einen kleinen Spalt zeichnete, während sie mit einer kaum wahrnehmbaren Schlängelbewegung ihrer Waden langsam rückwärts rollte. War es sinnliche Begierde, diese Qual, die er empfand, während er sie mit den Augen verschlang, ihr gerötetes Gesicht anstaunte, die Kompaktheit und Vollkommenheit jeder ihrer Bewegungen (besonders wenn sie, kaum daß sie zur Bewegungslosigkeit erstarrt war, wieder davonschoß und dabei geschwind mit den vorstehenden Knien pumpte)? Oder war es die Pein, die

16

stets einherging mit seinem hoffnungslosen Verlangen, der Schönheit etwas zu entnehmen, es für einen Augenblick festzuhalten, etwas mit ihm zu machen – gleichgültig was, solange es nur irgendeine Art von Kontakt gab, der irgendwie, gleichgültig wie, jene Sehnsucht zu stillen vermochte? Warum darüber rätseln? Sie wurde wieder schneller und verschwand – und morgen würde eine andere vorübersausen, und so verginge sein Leben, ein Verschwinden nach dem andern.

Oder doch nicht? Er sah dieselbe Frau auf derselben Bank stricken, und mit dem Gefühl, statt eines kavalierhaften Lächelns höhnisch gegrinst und einen Fangzahn unter der bläulichen Lippe vorgeschoben zu haben, setzte er sich.

Sein Unbehagen und das Zittern seiner Hände währten nicht lange. Es entspann sich eine Unterhaltung, die ihm schon für sich genommen eine sonderbare Befriedigung verschaffte; das Gewicht auf seiner Brust löste sich auf, und er fühlte sich fast froh. Auf klappernden Rollschuhen erschien sie, wie sie am Vortag erschienen war. Ihre hellgrauen Augen ruhten einen Augenblick auf ihm, obwohl nicht er sprach, sondern die Strickerin, und nachdem sie ihn akzeptiert hatte, wandte sie sich unbekümmert wieder ab. Dann saß sie neben ihm, hielt sich an der Kante des Sitzes mit rosigen, scharfknöcheligen Händen, auf denen sich bald eine Ader regte, bald ein tiefes Grübchen in der Nähe des Handgelenks, indes ihre hochgezogenen Schultern bewegungslos verharrten und ihre sich weitenden Pupillen einen Ball verfolgten, der über den Kies rollte. Über ihn hinweg langend, händigte seine Nachbarin der Rollschuhläuferin wie am Vortag ein Brot aus, und diese begann beim Essen ihre ein wenig verschrammten Knie leicht aneinanderzuschlagen.

«. . . ihre Gesundheit natürlich; aber vor allen Dingen eine erstklassige Schule», sagte eine ferne Stimme, als er plötzlich bemerkte, daß sich der kastanienbraune Lockenkopf zu seiner Linken stumm zu seiner Hand hinabgebeugt hatte.

«Sie haben die Zeiger Ihrer Uhr verloren», sagte das Mädchen.

«Nein», antwortete er und räusperte sich, «die muß so sein. Sie ist ein seltenes Stück.»

Sie langte mit der Linken herüber (die Rechte hielt das Brot), griff nach seinem Handgelenk und untersuchte das leere, mittellose Ziffernblatt, unter dem die Zeiger befestigt waren und wie zwei schwarze Tröpfchen inmitten der silbrigen Ziffern nur ihre Spitzen sehen ließen. Ein verschrumpeltes Blatt zitterte in ihrem Haar ganz in der Nähe ihres Halses über dem zarten Vorsprung eines Wirbels – und während seiner nächsten Phase der Schlaflosigkeit riß er den Geist jenes Blattes immer wieder los, faßte hin und riß daran, mit zwei Fingern, mit dreien, dann mit allen fünf.

Am Tag darauf und an allen folgenden Tagen saß er am gleichen Ort und gab die amateurhafte, aber ganz passable Vorstellung eines exzentrischen Einzelgängers: gleiche Zeit, gleicher Ort. Die Ankunft des Mädchens, ihr Atmen, ihre Beine, ihr Haar, alles, was sie tat, ob sie sich am Schienbein kratzte und weiße Markierungen darauf zurückließ oder einen kleinen schwarzen Ball hoch in die Luft warf oder ihn beim Hinsetzen mit einem bloßen Ellenbogen streifte – alles rief eine unerträgliche Empfindung sanguinischer, dermaler, multivaskulärer Kommunion mit ihr hervor (während er in angenehme Konversation vertieft schien), als erstreckte sich die monströse Halbierungslinie, die alle Säfte aus den Tiefen seines Wesens heraufpumpte, wie eine pulsierende gepunktete Linie in sie hinein, als wüchse dieses Mädchen aus ihm heraus, als zerrte und schüttelte sie mit jeder ihrer unbekümmerten Bewegungen an ihren Lebenswurzeln, die fest in den Eingeweiden seines Wesens steckten, so daß er einen Ruck verspürte, ein barbarisches Reißen, einen momentweisen Verlust des Gleichgewichts, wenn sie plötzlich die Stellung wechselte oder davonschoß: Plötzlich wird man auf dem Rücken durch den Staub geschleift, schlägt mit dem Hinterkopf auf, um am Ende an den Gedärmen aufgehängt zu werden. Und währenddessen saß er still, hörte zu, lächelte, nickte, zupfte an einem Hosenbein, um sein Knie freizumachen, kritzelte mit dem Spazierstock im Kies, sagte «Ah ja?» oder «Tja, wissen Sie, so was kann schon mal passieren ...», verstand indessen die Worte seiner Nachbarin nur, wenn das Mädchen nicht in der Nähe war. Von dieser umständlichen Plaudertasche erfuhr er, daß sie und die Mutter des Mädchens, eine zweiundvierzigjährige Witwe, seit fünf Jahren befreundet waren (der verstorbene Ehegatte der Witwe hatte die Ehre ihres Mannes gerettet); daß diese Witwe nach langer Krankheit eine schwere Darmoperation durchgemacht hatte; daß sie, da sie seit langem ihre ganze Familie verloren hatte, sich sofort und hartnäckig an den Vorschlag des hilfsbereiten Ehepaars geklammert hatte, die Tochter solle zu ihm in die Provinzstadt ziehen; und daß jene jetzt mitgenommen worden war, um ihre Mutter zu besuchen, da der Gatte der geschwätzigen Dame in der Hauptstadt eine lästige Angelegenheit zu erledigen hatte, daß es jedoch bald wieder nach Hause ginge – je eher desto besser, denn die Anwesenheit des Mädchens mache die Witwe nur gereizt, die zwar hochanständig sei, sich aber letztens etwas gehen lasse.

«Sagen Sie, hatten Sie nicht erwähnt, daß sie irgendwelche Möbel zu verkaufen hat?»

Diese Frage hatte er (zusammen mit ihrer Fortsetzung) in der Nacht vorbereitet und mit leiser Stimme an der tickenden Stille ausprobiert; da er sich davon überzeugt hatte, daß sie sich natürlich anhörte, wiederholte er sie am Tag darauf gegenüber seiner neugefundenen Bekannten. Sie bejahte und erklärte in unzweideutigen Worten, daß es keine schlechte Idee wäre, wenn die Witwe sich etwas Geld beschaffte – die ärztliche Behandlung sei kostspielig und würde auch weiterhin eine Menge kosten, ihre Mittel seien sehr begrenzt, sie bestehe darauf, für den Unterhalt ihrer Tochter aufzukommen, zahle aber nur recht sporadisch – und wir sind auch nicht gerade reich... Mit einem Wort, die Ehrenschuld hielt man offenbar für beglichen.

«Eigentlich», fuhr er fort, ohne die mindeste Zeit zu verlieren, «könnte ich selber gewisse Möbelstücke gebrauchen. Meinen Sie, daß es gelegen käme und nicht ungehörig wäre, wenn ich...» Er hatte den Rest des Satzes vergessen, improvisierte ihn aber höchst geschickt, da er sich in dem künstlichen Stil des immer noch nicht ganz verständlichen, vielspiraligen Traums zu Hause zu fühlen begann, in den er undeutlich, aber tief bereits derart verschlungen war, daß er beispielsweise nicht mehr wußte, was das war und wem es gehörte: ein Teil seines eigenen Beins oder der Teil eines Kraken.

Sie war offensichtlich hocherfreut und bot ihm an, ihn auf der Stelle hinzubegleiten, wenn er wollte – die Wohnung der Witwe, wo auch sie und ihr Gatte untergekommen seien, sei gar nicht weit, gleich jenseits der Brücke über die elektrische Bahnstrecke.

Sie machten sich auf den Weg. Das Mädchen ging vor ihnen her, schwenkte energisch einen Leinenbeutel an einer Schnur, und schon war alles an ihr in seinen Augen schrecklich und unersättlich vertraut – die Biegung ihres schmalen Rückens, die Spannkraft der beiden kleinen runden Muskeln weiter unten, die genaue Art, wie sich die Karos ihres Kleides (des anderen, braunen) strafften, wenn sie einen Arm hob, die zarten Fußgelenke, die recht hohen Fersen. Sie mochte ein wenig introvertiert sein, lebhafter in der Bewegung als im Gespräch, weder verschämt noch direkt, mit einer Seele, die wie untergetaucht schien, aber in einem strahlenden Naß. Schillernd an der Oberfläche, aber durchscheinend in den Tiefen, mochte sie bestimmt Süßigkeiten und junge Hunde und die unschuldigen Tricks der Wochenschauen. Diese warmhäutigen, kastanienbraun schimmernden, offenmundigen Mädchen bekamen früh ihre Tage, und es bedeutete ihnen wenig mehr als ein Spiel, wie die Reinigung der Puppenküche... Und sie hatte keine sehr glückliche Kindheit, die einer Halbwaise: Die Güte dieser unnachgiebigen Frau war nicht

wie Milchschokolade, sondern wie die bittere Sorte –
ein Zuhause ohne Umarmungen, strenge Ordnung,
Symptome der Ermüdung, ein lästig gewordener Gefallen, den man einer Freundin erwies... Und für alles
dies, für das Glühen ihrer Wangen, die zwölf Paar
schmaler Rippen, den Flaum entlang ihrem Rücken, ihren Anflug von Seele, ihre leicht aufgerauhte Stimme,
die Rollschuhe und den grauen Tag, den unbekannten
Gedanken, der ihr gerade durch den Kopf gegangen
war, als sie von der Brücke aus nach etwas Unbekann-
tem ausspähte... für alles dies hätte er einen Sack voller
Rubine gegeben, einen Eimer Blut, alles, was man von
ihm verlangte...

Vor dem Haus stießen sie auf einen unrasierten Mann
mit einer Aktentasche, ebenso dreist und grau wie seine
Frau, und so traten sie geräuschvoll zu viert ein. Er
hatte eine kranke, ausgemergelte Frau in einem Lehn-
stuhl erwartet, doch statt dessen empfing sie eine große,
bleiche Dame mit breiten Hüften und einer haarlosen
Warze neben einem Flügel ihrer knolligen Nase: eins
dieser Gesichter, die man beschreibt, ohne das mindeste über die Lippen oder die Augen sagen zu können,
weil jederlei Erwähnung – selbst diese hier – in unge-
wolltem Widerspruch zu ihrer gänzlichen Unauffällig-
keit stünde.

Als sie erfuhr, daß er ein potentieller Käufer sei,
führte sie ihn unverzüglich ins Eßzimmer, und während
sie langsam und ein wenig schief voranging, erklärte sie,
daß sie eine Vier-Zimmer-Wohnung eigentlich nicht
brauche, daß sie kommenden Winter in eine Zwei-Zim-
mer-Wohnung ziehen werde und froh wäre, jenen aus-

ziehbaren Tisch dort loszuwerden, diese überzähligen Stühle, die Couch da drüben im Wohnzimmer (wenn sie als Schlafstelle für ihre Bekannten ausgedient hätte), eine große Etagere und eine kleine Truhe. Er sagte, er sähe sich gern den letztgenannten Gegenstand einmal an, von dem sich herausstellte, daß er sich in dem Zimmer des Mädchens befand, welchselbes sich bei ihrem Eintreten auf dem Bett rekelte, an die Decke starrte, die angezogenen Knie mit ihren ausgestreckten Armen umfaßt hielt und solchermaßen mit sich eins hin und her schaukelte.

«Mach daß du aus dem Bett kommst! Was soll denn das heißen?» Eilends versteckte sie die zarte Haut ihrer Unterseite und den winzigen Keil ihres straffen Slips und wälzte sich heraus. (Oh, was würde ich ihr für Freiheiten erlauben! dachte er.)

Er sagte, er würde die Truhe nehmen – es war ein lachhaft billiger Preis für den Zugang zu der Wohnung – und vielleicht auch noch etwas anderes, aber er müsse sich erst noch klar werden, was genau. Wenn es ihr recht wäre, werde er in ein paar Tagen noch einmal vorbeischauen und gleichzeitig alles abholen lassen – hier sei übrigens seine Karte.

Als sie ihn zur Tür brachte, erwähnte sie ohne ein Lächeln (offenbar lächelte sie selten), jedoch ganz verbindlich, daß ihre Freundin und ihre Tochter ihr schon von ihm erzählt hätten und daß der Gatte ihrer Freundin sogar ein wenig eifersüchtig sei.

«Aber sicher doch», sagte dieser und folgte ihnen in die Diele. «Ich würde meine bessere Hälfte gerne an jeden abstoßen, der sie mir abnehmen wollte.»

«Paß auf, wo du hintrittst», sagte seine Frau, die aus demselben Zimmer kam wie er. «Es könnte dir eines Tages leid tun!»

«Also Sie sind jederzeit willkommen», sagte die Witwe. «Ich bin immer zu Hause, und vielleicht interessieren Sie sich für die Lampe oder die Pfeifensammlung – es sind alles schöne Sachen, und ich finde es ein bißchen schade, daß ich mich von ihnen trennen muß, aber so ist das Leben.»

«Was nun?» überlegte er auf dem Nachhauseweg. Bis hierher hatte er nach dem Gehör und praktisch ohne Vorbedacht gespielt, war er der blinden Intuition gefolgt wie ein Schachspieler, der überall dort vordringt und Druck ausübt, wo die Stellung seines Gegners ein wenig wackelig oder beengt ist. Aber was jetzt? Übermorgen schaffen sie meinen Schatz fort – womit jeder direkte Nutzen aus der Bekanntschaft mit ihrer Mutter ausgeschlossen ist... Sie kommt jedoch wieder und bleibt dann vielleicht sogar endgültig hier, und bis dahin bin ich ein willkommener Gast... Aber wenn die Frau kein Jahr mehr zu leben hat (wie man mir andeutungsweise zu verstehen gab), dann geht alles den Bach hinunter... Ich muß sagen, allzu hinfällig wirkt sie auf mich nicht, aber wenn sie bettlägerig wird und stirbt, dann lösen sich der Rahmen und die Umstände für eine potentiell unbeschwerte Beziehung in nichts auf, dann ist alles zu Ende – wie fände ich sie und unter welchem Vorwand?... Trotzdem fühlte er instinktiv, daß er auf diese Weise weitermachen müsse: nicht zuviel nachdenken, mit dem Druck in der schwachen Ecke des Brettes nicht nachlassen.

Darum machte er sich am Tag darauf mit einer ansprechenden Schachtel glacierter Maronen und kandierter Veilchen als Abschiedsgeschenk für das Mädchen auf den Weg in den Park. Der Verstand sagte ihm, daß es sich um ein albernes Klischee handele, daß dieses ein selbst für einen hemmungslosen Exzentriker besonders gefährlicher Moment sei, sie zum Gegenstand offener Aufmerksamkeit zu machen, zumal da er – ganz zu Recht – bisher kaum Notiz von ihr genommen hatte (er war einmal Meister in der Verbergung von Blitzen gewesen) – anders als diese verderbten Alten, die immer ein paar Bonbons bei sich haben, die Mädelchen zu charmieren, und dennoch trippelte er geziert mit seinem Geschenk dahin, einem geheimen Impuls gehorchend, der akkurater war als der Verstand.

Er verbrachte eine ganze Stunde auf der Bank, aber sie kamen nicht. Waren wohl früh abgefahren. Und obgleich ein weiteres Treffen die sehr besondere Last, die sich in der letzten Woche angesammelt hatte, in keiner Weise erleichtert hätte, verspürte er den brennenden Kummer eines versetzten Liebhabers.

Weiterhin die Stimme der Vernunft mißachtend, die ihm sagte, daß er das Falsche tue, lief er schnell zu der Witwe hinüber und kaufte die Lampe. Sie bemerkte seine seltsame Atemlosigkeit, bat ihn, sich zu setzen, und bot ihm eine Zigarette an. Bei seiner Suche nach einem Feuerzeug stieß er auf die längliche Schachtel und sagte wie eine Romanfigur:

«Es mag Ihnen sonderbar vorkommen, da wir uns ja erst so kurz kennen, aber erlauben Sie mir trotzdem, Ihnen diese Kleinigkeit zu überreichen – ein paar Süßigkeiten, gar nicht übel, glaube ich... Wenn Sie annähmen, würde ich mich glücklich schätzen.»

Zum ersten Mal lächelte sie – offensichtlich war sie eher geschmeichelt denn überrascht – und erklärte, daß ihr alle Süßigkeiten des Lebens verboten seien und sie sie ihrer Tochter geben würde.

«Ach – ich dachte, sie sind schon...»

«Nein, morgen früh», fuhr die Witwe fort und befingerte nicht ohne Bedauern das Goldband. «Meine Freundin verwöhnt sie schrecklich und ist heute mit ihr in eine Kunsthandwerkausstellung gegangen.» Sie seufzte und plazierte das Geschenk behutsam, als sei es leicht zerbrechlich, auf einen in der Nähe befindlichen Zustelltisch, während sich ihr ungemein gewinnender Gast erkundigte, was sie dürfe und was nicht, und sich dann das Epos ihrer Krankheit anhörte, die Varianten in Betracht ziehend und die allerjüngsten Textkorruptionen mit großem Scharfsinn deutend.

Bei seinem dritten Besuch (er kam vorbei, um ihr mitzuteilen, daß die Spedition nicht vor Freitag kommen könnte) trank er Tee mit ihr und erzählte von sich und seinem klaren, friedlichen, eleganten Beruf. Es stellte sich heraus, daß sie einen gemeinsamen Bekannten hatten, den Bruder eines Anwalts, der im gleichen Jahr gestorben war wie ihr Ehegatte. Objektiv und ohne unaufrichtiges Bedauern diskutierte sie den Ehegatten, von dem er bereits das eine oder andere wußte: Er war ein Bonvivant gewesen und ein Fachmann für Notariatsangelegenheiten; mit seiner Frau war er gut ausgekommen, hatte jedoch versucht, so wenig wie möglich zu Hause zu sein.

Am Donnerstag kaufte er die Couch und die beiden Stühle, und am Sonnabend fand er sich wie ausgemacht ein, um mit ihr einen gemächlichen Spaziergang in den Park zu machen. Sie jedoch fühlte sich elend, lag mit einer Wärmflasche im Bett und sprach mit ihm mit schleppender Stimme durch die geschlossene Tür. Er bat die finstere Alte, die in regelmäßigen Abständen auftauchte, um die Witwe zu bekochen und zu versorgen, ihn unter der Nummer soundso wissen zu lassen, wie die Patientin die Nacht verbracht habe.

In dieser Art verstrichen einige weitere geschäftige Wochen, Wochen des Gemurmels, der Erkundung, der Überredung, der eindringlichen Umformung der nachgiebigen Einsamkeit eines anderen Menschen. Jetzt bewegte er sich auf ein bestimmtes Ziel zu, denn sogar damals schon, als er das Konfekt überreicht hatte, war ihm plötzlich das entfernte Ziel aufgegangen, wie es ihm still eine Art seltsamer nagelloser Finger wies (ein Graffito auf einem Zaun), das wahre Versteck einer echten, blendenden Gelegenheit. Der Pfad war nicht gerade verlockend, aber auch nicht schwierig, und um jedem Zweifel den Garaus zu machen, genügte der Anblick eines wöchentlichen Briefs an Mammi, geschrieben in einer noch ungefestigten, fohlenhaft gespreizten Handschrift, der mit unerklärlicher Achtlosigkeit herumliegen gelassen wurde.

Aus anderen Quellen erfuhr er, daß die Mutter Erkundigungen über ihn eingezogen hatte, mit Ergebnissen, die ihr nur zugesagt haben konnten und zu denen nicht zuletzt ein volles Bankkonto zählte. Aus der Art, wie sie ihm mit ehrerbietig gesenkter Stimme alte, steife Photos zeigte, auf denen in diversen mehr oder weniger schmeichelhaften Posen ein junges Mädchen mit Stiefeletten, einem runden, angenehmen Gesicht, einem netten vollen Busen und zurückgekämmtem Haar zu sehen war (es gab ebenfalls die Hochzeitsphotos, die ausnahmslos auch den Bräutigam aufwiesen, einen Mann mit einem glücklich überraschten Gesichtsausdruck und einer sonderbar vertrauten Schräge der Augen), entnahm er, daß sie heimlich den stumpf gewordenen Spiegel der Vergangenheit befragte, auf der Suche nach etwas, das ihr sogar jetzt noch ein Anrecht auf männliche Aufmerksamkeiten gäbe, und dabei zu dem Schluß gekommen sein mußte, daß der scharfe Blick von jemandem, der Facetten und Reflexe zu schätzen wußte, immer noch die Spuren ihrer einstigen Ansehnlichkeit (die sie im übrigen übertrieb) erkennen konnte, Spuren, die nach dieser retrospektiven Brautschau noch unübersehbarer würden.

Der Tasse Tee, die sie ihm einschenkte, teilte sie einen feinen Hauch von Intimität mit; die höchst detaillierten Berichte über ihre verschiedenen Unpäßlichkeiten wußte sie mit soviel Romantik zu durchtränken, daß er es sich kaum verkneifen konnte, ihr mit einer groben Frage zu kommen; und zuweilen hielt sie anscheinend gedankenverloren inne und holte dann mit einer verspäteten Frage seine vorsichtig auf Zehenspitzen daherkommenden Worte ein.

Er fühlte sich gerührt und angewidert, aber da ihm klar war, daß das Material abgesehen von seiner einen

speziellen Funktion keinerlei Potential besaß, blieb er
verbissen bei der Arbeit, die ihm ihrerseits soviel
Konzentration abverlangte, daß sich der körperliche
Aspekt dieser Frau auflöste und verschwand (wäre er
ihr in einem anderen Stadtteil auf der Straße begegnet, er hätte sie nicht wiedererkannt); seine Stelle
wurde aufs Geratewohl von den förmlichen Gesichts-
zügen der abstrakten Braut auf den Photos eingenom-
men, die so vertraut geworden waren, daß sie jede
Bedeutung eingebüßt hatten. (Also hatte ihr Mitleid
erweckendes Kalkül schließlich doch noch Erfolg ge-
zeitigt.)

Die Sache kam glatt voran, und als sie sich eines reg-
nerischen Spätherbstabends – ungerührt, ohne auch
nur ein Bruchstück weiblichen Rats – sein vages Gejam-
mer über die Sehnsüchte eines Junggesellen anhörte,
der mit Neid auf die Frack-und-Nebel-Aura einer fremden Hochzeit schaut und dabei unwillkürlich an das
einsame Grab am Ende seines einsamen Wegs denkt,
kam er zu dem Schluß, daß die Zeit reif war, die Möbel-
packer kommen zu lassen. Einstweilen jedoch seufzte er
und wechselte das Thema, und wie staunte sie am Tag
darauf, als ihr stummes Teetrinken (er war ein paarmal
ans Fenster getreten, als dächte er über irgend etwas
nach) von dem kraftvollen Klingeln der Möbelträger
unterbrochen wurde. Zwei Stühle, die Couch, die
Lampe und die Truhe kehrten heim: Auf die nämliche
Weise tut man bei der Lösung einer mathematischen
Aufgabe erst eine bestimmte Zahl zur Seite, um freier
arbeiten zu können, und holt sie später in den Schoß der
Lösung zurück.

«Sie verstehen nicht. Es bedeutet nur, daß bei einem Ehepaar die Sachen gemeinsamer Besitz sind. Mit anderen Worten, ich biete Ihnen sowohl den Inhalt des Ärmels als auch das lebende Herz-As.»

Inzwischen machten sich die beiden Arbeiter, die die Möbel hereingeschleppt hatten, in der Nähe zu schaffen, und sie zog sich keusch ins Nebenzimmer zurück.

«Wissen Sie was?» sagte sie. «Gehen Sie nach Hause und schlafen Sie sich gründlich aus.»

Mit leisem Lachen versuchte er ihre Hand zu ergreifen, aber sie zog sie hinter den Rücken und wiederholte bestimmt, daß alles dies Unfug sei.

«Nun gut», erwiderte er, holte eine Handvoll Kleingeld hervor und legte sich das Trinkgeld in der Hand zurecht. «Nun gut, ich gehe, doch wenn Sie sich entschließen anzunehmen, dann lassen Sie es mich freundlicherweise wissen, sonst machen Sie sich keine Sorgen – ich befreie Sie ein für allemal von meiner Gegenwart.»

«Warten Sie einen Augenblick. Die sollen erst gehen. Sie suchen sich einen sonderbaren Augenblick aus für so ein Gespräch.

Also jetzt wollen wir uns setzen und die Sache vernünftig besprechen», sagte sie einen Moment später, als sie schwer und demutsvoll auf das frisch heimgekehrte Sofa niedersank (während er mit einem untergeschlagenen Bein im Profil neben ihr saß und sich am Schnürsenkel des vorstehenden Schuhs festhielt). «Erstens, mein Freund, bin ich, wie Sie wissen, eine kranke, eine schwer kranke Frau. Seit mehreren Jahren schon habe ich unaufhörlich mit Ärzten zu tun. Die Operation am

fünfundzwanzigsten April war höchstwahrscheinlich
die vorletzte – mit anderen Worten, das nächste Mal
komme ich vom Krankenhaus auf den Friedhof. Nein,
nein, tun Sie meine Worte nicht so geringschätzig ab.
Wir wollen sogar annehmen, ich halte noch ein paar
Jahre durch – was kann sich schon ändern? Bis zum
Tag meines Todes bin ich verurteilt, all die Qualen
meiner höllischen Diät zu erdulden, und meine ganze
Aufmerksamkeit gilt meinem Magen und meinen Ner-
ven. Seelisch bin ich hoffnungslos ruiniert. Es gab einmal eine Zeit, da habe ich in einem fort gelacht...
Trotzdem habe ich immer Ansprüche an die anderen
gestellt, und jetzt stelle ich Ansprüche an alles – an die
Gegenstände um mich her, an den Hund des Nach-
barn, an jede Minute meiner Existenz, die nicht so aus-
fällt, wie ich es will. Sie wissen, ich war sieben Jahre
lang verheiratet. Einen besonders glücklichen Augenblick habe ich nicht in Erinnerung. Ich bin eine
schlechte Mutter, aber ich habe mich damit abgefunden, und ich weiß, mein Tod käme noch schneller,
wenn ich ein ausgelassenes Mädchen im Haus hätte,
und gleichzeitig empfinde ich einen dummen,
schmerzvollen Neid auf ihre muskulösen kleinen
Beine, ihren rosigen Teint, ihre gesunde Verdauung.
Ich bin arm: Die Hälfte meiner Rente geht für die
Krankheit drauf, die andere für meine Schulden.
Selbst wenn man annähme, daß Sie den Charakter und
die Einfühlsamkeit hätten... nun ja, die verschiedenen
Züge, die Sie zu einem passenden Ehemann für mich
machten – sehen Sie, ich betone das ‹mich› –, was
wäre das für Sie für ein Leben mit so einer Frau? Gei-

stig mag ich mich ja noch jung fühlen, und äußerlich bin ich vielleicht noch nicht gänzlich ein Monstrum, aber wird es Sie nicht langweilen, ständig mit einem derart anspruchsvollen Menschen zurechtkommen zu müssen, ihm nie, nie zu widersprechen, seine Gewohnheiten und Marotten zu achten, sein Fasten und die anderen Regeln, nach denen er lebt? Und wozu das alles – um vielleicht in einem halben Jahr Witwer zu werden und ein fremdes Kind auf dem Hals zu haben!»

«Woraus ich entnehme», sagte er, «daß mein Antrag angenommen ist.» Und aus einem Wildlederbeutel schüttelte er sich einen prächtigen ungeschliffenen Stein in die Hand, welchen eine rosige Flamme von innen zu erleuchten schien, die durch das Weinblau seiner Form hindurch strahlte.

Zwei Tage vor der Hochzeit traf das Mädchen ein; seine Wangen glühten, und es trug einen aufgeknöpften blauen Mantel, dessen Gürtelenden hinten herunterhingen, Wollstrümpfe, die ihm fast an die Knie reichten, und auf seinen feuchten Locken eine Baskenmütze.

Ja doch, ja, es war es wert, wiederholte er sich im Geist, während er ihre kalte, rote Hand hielt und lächelnd dem Gejapse ihrer unvermeidlichen Begleiterin Grimassen schnitt: «Ich bin es, der einen Mann für dich gefunden hat, ich habe dir einen Mann angebracht, mir verdankst du deinen Mann!» (Und nach Art eines Infantristen, der sein Gewehr schwenkt, versuchte sie mit der ungefügen Braut eine Runde zu drehen.)

Es war es wert, ja – egal, wie lange er dieses beschwer-

liche Ungetüm durch den Morast der Ehe schleppen
mußte; es war es sogar dann wert, wenn sie alle anderen
überleben sollte; es war es wert, weil es seine Anwesenheit zu etwas Natürlichem machte und ihm die Freiheiten eines künftigen Stiefvaters gab.

Indessen wußte er noch nicht, wie er sich diese Freiheiten zunutze machen konnte, teils weil er keine
Übung darin hatte, teils in ahnungsvoller Erwartung
unfaßlich größerer Freiheiten, doch vor allem, weil es
ihm nie gelang, mit dem Mädchen allein zu sein. Gewiß, mit Erlaubnis seiner Mutter ging er mit ihm in ein
nahegelegenes Café, saß da, stützte die Hände auf den
Spazierstock und verfolgte, wie es sich in den Apriko-
senrand eines Blätterteiggitters hineinaß, nach vorn gelehnt und die Unterlippe weit nach vorn gestülpt, um
die klebrigen Flocken aufzufangen. Er suchte sie zum
Lachen zu bringen und mit ihr zu plaudern wie mit
einem gewöhnlichen Kind, doch seinem Fortschritt
stand beständig ein hinderlicher Gedanke im Weg:
Wäre der Raum leerer gewesen und hätte er ein paar
gemütlichere Ecken gehabt, so hätte er sie ein wenig
getätschelt, ohne besonderen Anlaß und ohne Furcht
vor fremden Blicken (die scharfsichtiger wären als ihre
vertrauensvolle Unschuld). Als er sie nach Hause
brachte und auf der Treppe hinter ihr zurückblieb,
quälte ihn nicht nur das Gefühl, eine Gelegenheit ver-
säumt zu haben, sondern auch der Gedanke, daß er, bis
er gewisse besondere Dinge nicht wenigstens einmal gemacht hatte, nicht auf die Versprechungen zählen
konnte, die ihm das Schicksal in Form ihrer unschuldigen Redeweise zukommen ließ, der feinen Nuancen ih-

rer kindlichen Vernünftigkeit, ihres gelegentlichen Schweigens (wenn ihre Zähne unter der lauschenden Lippe hervor sanft auf die nachdenkliche Lippe drückten), des allmählichen Hervortretens einiger Grübchen, wenn sie alte Witze hörte, die ihr neu vorkamen, und seiner intuitiven Wahrnehmung der Kräuselungen in ihren unterirdischen Strömen (ohne die sie nicht diese Augen gehabt hätte). Was machte das schon, wenn in der Zukunft seine Freiheit, bestimmte Dinge zu tun und zu wiederholen, alles klar und harmonisch werden ließ? In der Zwischenzeit, jetzt, heute entstellte ein Druckfehler des Verlangens die Bedeutung der Liebe. Dieser dunkle Fleck bildete eine Art Hindernis, das so bald wie möglich ausgeräumt, ausgelöscht werden mußte – egal mit welcher gefälschten Lust –, so daß das Kind den Scherz schließlich bemerkte und er seinen Lohn erhielte, indem sie zusammen herzhaft lachen konnten, indem er in der Lage war, sich ihrer interesselos anzunehmen, die Welle der Vaterschaft mit der Welle geschlechtlicher Liebe zu verschmelzen.

Ja – die Falschheit, die Heimlichkeit, die Furcht vor dem mindesten Verdacht, vor einer Beschwerde, einem unschuldigen Bericht («Weißt du, Mammi, wenn keiner in der Nähe ist, streichelt er mich immer»), die Notwendigkeit, immer wachsam zu sein, um in diesen dicht bevölkerten Tälern nicht einem zufälligen Jäger vor die Flinte zu laufen – das war es, was ihn jetzt quälte und was es in der Freiheit seines eigenen Jagdgrundes dann nicht mehr gäbe. Aber wann? wann? dachte er verzweifelt, während er in seinen ruhigen, vertrauten Zimmern auf und ab ging.

Am Morgen darauf begleitete er seine monströse Braut auf ein Amt. Von dort ging sie zum Arzt, offenbar um gewisse heikle Fragen zu stellen, da sie ihrem Bräutigam auftrug, zu ihr in die Wohnung zu gehen und sie in einer Stunde zum Essen zu erwarten. Vergessen war seine nächtliche Verzweiflung. Er wußte, daß ihre Freundin (deren Mann gar nicht mitgekommen war) auch ausgegangen war, um Besorgungen zu machen – und die Aussicht, das Mädchen allein zu finden, schmolz wie Kokain in seinen Lenden. Doch als er in die Wohnung stürzte, stellte er fest, daß sie inmitten einer Windrose aus Zugluft mit der Putzfrau plapperte. Er nahm eine Zeitung (mit dem Datum des 32.) und saß lange in dem bereits gemachten Wohnzimmer, außerstande, die Zeilen zu erkennen, horchte auf die lebhafte Unterhaltung im Nebenzimmer, wenn der Staubsauger sein Geheul unterbrach, und spähte auf das Email seiner Uhr, während er die Putze im Geist abmurkste und die Leiche nach Borneo verschiffte. Dann vernahm er eine dritte Stimme, und es fiel ihm ein, daß in der Küche auch noch die Alte war (ihm war, als schickte sie das Mädchen einkaufen). Dann hörte der Staubsauger mit seinem Schnaufen auf und wurde ausgemacht, ein Fenster wurde zugeschlagen, und das Geräusch von der Straße erstarb. Er ließ noch eine Minute verstreichen, dann stand er auf und begann leise summend und mit unruhigen Blicken die nunmehr stille Wohnung abzusuchen.

Nein, sie war nirgendwohin geschickt worden. Sie stand am Fenster ihres Zimmers und blickte auf die Straße hinunter, die Handflächen an das Glas gedrückt.

Sie wandte den Kopf, warf das Haar zurück und sagte rasch, während sie schon wieder ihre Beobachtung aufnahm: «Sehen Sie sich das an – ein Unfall!»

Er fühlte im Nacken, daß die Tür von allein zugegangen war, kam näher und näher heran, näher an die geschmeidige Wölbung ihrer Wirbelsäule, an die Falten auf ihrer Taille, an die rautenförmigen Karos des Stoffes, dessen Textur er schon aus zwei Meter Entfernung fühlen zu können glaubte, an die festen, hellblauen Adern über dem Saum ihrer Kniestrümpfe, an das Weiß ihres Halses, der von dem seitlich einfallenden Licht neben ihren braunen Locken glänzte, die ein weiteres Mal schwungvoll zurückgeworfen wurden (sieben Achtel Gewohnheit, ein kleines Achtel Koketterie). «Aha, ein Unstoß, ein Zusammenglück», murmelte er, tat, als spähe er über ihren Kopf hinweg aus dem leeren Fenster, sah jedoch nur die kleinen Schuppen auf ihrem seidigen Scheitel.

«Das rote ist schuld!» rief sie mit Überzeugung.

«Aha, das rote... das kriegen wir», fuhr er zusammenhanglos fort; er stand jetzt hinter ihr und fühlte sich einer Ohnmacht nahe, als er den letzten Zoll schmelzender Entfernung aufhob, von hinten ihre beiden Hände packte und sie sinnlos zu spreizen und zu zerren begann, während sie lediglich das schlanke Handgelenk ihrer Rechten sacht kreisen ließ und mechanische Versuche machte, mit dem Finger auf den Schuldigen zu deuten. «Warte», sagte er heiser, «halte die Ellbogen dicht an den Körper gedrückt; wir wollen mal sehen, ob ich dich... ob ich dich hochheben kann.» In genau diesem Augenblick hörte man ein Knallen in der Diele, gefolgt von dem unheilverkündenden Rascheln eines Regenmantels, und mit ungeschickter Plötzlichkeit entfernte er sich von ihr, steckte die Hände in die Taschen, räusperte sich knurrend und begann laut: «...endlich! Wir vergehen hier schon vor Hunger...» Und als sie sich an den Tisch setzten, verspürte er in den Waden immer noch eine schmerzende, frustrierte, nagende Schwäche.

Nach dem Essen kamen einige Damen zum Kaffeetrinken, und gegen Abend, als die Welle der Gäste zurückgewichen und ihre treue Freundin diskret ins Kino gegangen war, streckte sich die erschöpfte Gastgeberin auf der Couch aus.

«Geh nach Haus, mein Lieber», sagte sie, ohne die Lider zu heben. «Du hast doch bestimmt einiges zu erledigen, wahrscheinlich hast du noch nichts gepackt, und ich möchte gern zu Bett gehen, sonst bin ich morgen zu nichts zu gebrauchen.»

Mit einem kurzen Muhlaut, der Zärtlichkeit simulieren sollte, tippte er ihr auf die Stirn, die kalt war wie Quark, und sagte: «Es geht mir nicht aus dem Kopf, wie leid mir das Mädchen tut. Ich schlage vor, daß wir sie doch bei uns behalten. Warum soll das arme Ding weiter bei Fremden wohnen? Es ist doch geradezu lächerlich, jetzt, wo es wieder eine Familie gibt. Überleg es dir gut, Liebste.»

«Morgen schicke ich sie jedenfalls wieder weg», sagte sie mit schleppender schwacher Stimme, ohne die Augen zu öffnen.

«Bitte, versuch doch zu verstehen», fuhr er leiser fort, denn das Mädchen, das in der Küche zu Abend gegessen hatte, war offenbar fertig, und ihr schwaches Leuchten war irgendwo in der Nähe gegenwärtig. «Versuch doch zu verstehen, was ich meine. Selbst wenn wir ihnen Geld für alles geben, ja selbst wenn wir ihnen mehr als nötig geben, glaubst du, daß sie sich dort auch nur ein bißchen mehr zu Hause fühlt? Ich bezweifle es. Es gibt dort eine gute Schule, wirst du sagen [sie schwieg], aber wir werden hier eine noch bessere finden, ganz abgesehen davon, daß ich immer für Privatunterricht zu Hause war. Aber die Hauptsache ist... also die Leute könnten den Eindruck haben – und schon heute hast du so eine Anspielung zu hören bekommen –, daß trotz der geänderten Situation, das heißt jetzt, wo ich dich auf alle mögliche Weise unterstütze und wir in eine größere Wohnung ziehen und ganz ungestört für uns leben können und so weiter, Mutter und Stiefvater das Kind immer noch vernachlässigen.»

Sie sagte nichts.

«Natürlich kannst du machen, wie du willst», sagte er nervös, denn ihr Schweigen machte ihm angst. (Er war zu weit gegangen!)

«Ich habe dir doch schon gesagt», quengelte sie mit der gleichen lächerlichen, märtyrerhaft leisen Stimme, «daß ich vor allem meine Ruhe brauche. Ich sterbe, wenn es mit der aus ist... Hör mal: da scharrt sie mit dem Fuß auf dem Boden oder knallt irgend etwas zu – es war nicht sehr laut, nicht? –, trotzdem kriege ich schon davon einen nervösen Krampf und sehe Flecken vor den Augen. Und ein Kind kann nicht leben, ohne Krach zu machen; und wenn es fünfundzwanzig Zimmer gäbe, dann herrschte Krach in allen fünfundzwanzig. Darum mußt du zwischen ihr und mir wählen.»

«Aber nicht doch – so etwas sollst du noch nicht einmal sagen!» rief er mit einem Panikkloß in der Kehle. «Von einer Wahl ist doch gar nicht die Rede . . . Behüte! Es war bloß eine theoretische Überlegung. Du hast recht. Um so mehr, als ich selber ja auch wert auf meine Ruhe lege. Doch! Ich bin für den Status quo, sollen die Klatschmäuler ruhig tratschen. Du hast recht, Liebste. Natürlich schließe ich nicht aus, daß später vielleicht, nächstes Frühjahr . . . wenn es dir wieder richtig gut geht . . .»

«Mir wird es nie wieder richtig gut gehen», erwiderte sie leise, setzte sich auf und rollte sich mit einem Knarren schwerfällig auf die Seite. Dann stützte sie die Wange auf die Faust und wiederholte mit einem Kopfschütteln und einem schrägen Blick den gleichen Satz.

Als das Mädchen am nächsten Tag nach der standesamtlichen Zeremonie und einem mäßig festlichen Essen abfuhr, hatte es zweimal vor allen anderen seine rasierte Wange mit ihren kühlen, gemächlichen Lippen berührt: einmal über dem Champagnerkelch, um ihm zu gratulieren, und dann an der Tür, als sie sich verabschiedete. Daraufhin holte er seine Koffer und war lange damit beschäftigt, seine Sachen in ihrem Zimmer einzuräumen, woselbst er in einer unteren Schublade einen kleinen Stofflumpen von ihr fand, der ihm weit mehr sagte als jene beiden unvollständigen Küsse.

Nach dem Ton zu urteilen, in dem die Person (die Bezeichnung «Ehefrau» fand er auf sie nicht anwendbar) immer wieder hervorgehoben hatte, daß es im allgemeinen bequemer sei, in zwei verschiedenen Zimmern zu schlafen (er widersprach nicht), und daß sie selber im übrigen gewohnt sei, alleine zu schlafen (er ließ es ihr durchgehen), kam er um den Schluß nicht herum, daß in dieser Nacht von ihm erwartet wurde, bei dem ersten Verstoß gegen diese Gewohnheit mit Hand anzulegen. Während die Düsternis vor dem Fenster allmählich dichter wurde und es ihm immer alberner vorkam, neben ihr im Wohnzimmer auf der Couch zu sitzen und wortlos ihre unheildrohend gehorsame Hand mit den bläulichen Flecken auf dem glänzenden Rücken zu drücken oder an seinen angespannten Unterkiefer zu führen, wurde ihm immer deutlicher bewußt, daß der Augenblick der Abrechnung gekommen war, daß er nun nicht mehr vermeiden konnte, was er lange vorhergesehen, aber nicht weiter bedacht hatte (wenn der Augenblick kommt, werde ich mich schon irgendwie aus der Affaire ziehen); jetzt pochte dieser Augenblick an die Tür, und es war völlig klar, daß er (der kleine Gulliver) körperlich außerstande wäre, es mit jenen breiten Knochen aufzunehmen, mit jenen vielfachen Höhlungen, dem massigen Vlies, den formlosen Fußgelenken, der widerlich schiefen Formation ihres voluminösen Beckens, nicht zu reden von den ranzigen Ausdünstungen ihrer welken Haut und den bislang unenthüllten Wundern der Chirurgie... An dieser Stelle blieb seine Phantasie an Stacheldraht hängen.

Schon beim Essen, als er ein zweites Glas mit einem offensichtlichen Mangel an Entschlossenheit zunächst abgelehnt hatte, um dann scheinbar der Versuchung doch nachzugeben, hatte er ihr sicherheitshalber erklärt, daß ihm in Augenblicken des Überschwangs mancherlei peinliche Schmerzen zusetzten. So begann er jetzt, allmählich ihre Hand loszulassen, und während er recht behelfsmäßig so tat, als zwickte es ihn in der Schläfe, sagte er, daß er kurz mal an die frische Luft gehe. «Du mußt verstehen», setzte er hinzu, als er den seltsam aufmerksamen Blick ihrer zwei Augen und der Warze bemerkte (oder bildete er sich das nur ein?), «du mußt verstehen, Glück ist so neu für mich... und deine Nähe... nein, ich hätte selbst im Traum nie daran zu denken gewagt, daß ich je so eine Frau hätte...»

«Aber komm bald wieder. Ich gehe früh zu Bett und mag nicht geweckt werden», antwortete sie, ließ ihr frisch onduliertes Haar herunter und tippte mit dem Fingernagel auf den obersten Knopf seiner Weste; dann versetzte sie ihm einen Schubs, und er begriff, daß sich die Einladung nicht ausschlagen ließ.

Jetzt streifte er durch die fröstelnde Kargheit der Novembernacht, durch den Nebel der Straßen, die sich seit der Sintflut in einem Zustand dauernder Feuchtigkeit befanden. In einem Versuch, sich abzulenken, konzentrierte er sich auf seine Buchführung, seine Prismen, seinen Beruf, vergrößerte künstlich dessen Wichtigkeit in seinem Leben – und immer wieder löste sich alles in der Nebelsuppe auf, der fiebrigen Kälte der Nacht, der Qual wogender Lichter. Doch gerade weil jede Form von Glück zur Zeit ganz und gar ausgeschlossen war, wurde plötzlich etwas anderes klar. Er maß genau ab, wie weit er bisher vorangekommen war, begutachtete die totale Labilität und Geisterhaftigkeit seiner Berechnungen, den ganzen stillen Wahnsinn, den offenbaren

Irrtum der Besessenheit, die frei und echt nur war, solange sie in den Grenzen der Phantasie blühte, die jetzt aber von dieser einzig legitimen Form abgeirrt war, um (mit dem rührenden Eifer eines Wahnsinnigen, eines Krüppels, eines begriffsstutzigen Kindes – ja, jeden Augenblick konnte es ausgeschimpft werden und Dresche kriegen!) Pläne und Handlungen in Angriff zu nehmen, die einzig im Zuständigkeitsbereich des realen Erwachsenenlebens lagen. Und noch konnte er dem entrinnen! Auf der Stelle fliehen, dann einen eiligen Brief an jene Person schicken, ihr erklären, daß ihm das Zusammenleben unmöglich sei (jeder Grund wäre gut genug), daß ihn nur eine etwas exzentrische Anwandlung von Mitleid (näher ausführen) dazu bewogen hätte, eine Verpflichtung zu ihrer Unterstützung einzugehen, und daß er jetzt, da er diese für alle Zeiten legitimiert habe (detaillierter fassen), sich von neuem in sein Märchendunkel zurückziehe.

«Andererseits», fuhr er im Geiste fort, des Glaubens, er verfolge immer noch die gleiche nüchterne Gedankenspur (und ohne zu merken, daß ein verbanntes barfüßiges Wesen durch die Hintertür zurückgekehrt war), «wie einfach wäre es, wenn die liebe Mammi morgen stürbe. Aber nein – sie hat's nicht eilig, sie hat ihre Zähne ins Leben geschlagen, sie läßt nicht locker, und was habe ich davon, wenn sie sich Zeit läßt mit dem Sterben und dann ein Rühr-mich-nicht-an von sechzehn zur Beerdigung kommt oder eine Fremde von zwanzig? Wie einfach wäre es doch [überlegte er, als er passenderweise vor dem erleuchteten Schaufenster einer Apotheke stehenblieb], wenn etwas Gift zur Hand wäre... Viel brauchte es bestimmt nicht, wenn für sie schon eine Tasse Kakao so tödlich ist wie Strychnin! Aber ein Giftmörder läßt seine Zigarettenasche im heruntergefahrenen Lift... Außerdem schneiden ihr die aus purer Gewohnheit todsicher den Bauch auf.» Und obwohl Vernunft und Gewissen miteinander um die Wette beteuerten (und ihn dabei die ganze Zeit über Stück um Stück vorantrieben), daß er jedenfalls kein Mensch wäre, der einen Mord begeht, selbst wenn er ein spurloses Gift auftriebe (es sei denn, das Gift wäre ganz und gar spurlos, und selbst dann – in diesem hypothetischen Extremfall – einzig und allein, um die Qualen einer Gattin abzukürzen, die so und so zum Sterben verurteilt war), ließ er der theoretischen Entwicklung eines unmöglichen Gedankens die Zügel, indes sein zerstreuter Blick über makellos verpackte Fläschchen schweifte, das Modell einer Leber, ein Panoptikum von Seifen, das reziproke, herrlich korallenfarbene Lächeln eines weiblichen und eines männlichen Kopfes, die sich dankbar anschauten. Dann kniff er die Augen zusammen, räusperte sich und betrat nach kurzem Zögern die Apotheke.

Als er nach Hause kam, war es dunkel in der Wohnung – und ihm schoß die Hoffnung durch den Kopf, daß sie vielleicht schon schlafe; doch ach, ihre Schlafzimmertür war mit linealhafter Präzision von einem feingeschliffenen Lichtstreif unterstrichen.

«Die Scharlatane...», dachte er mit einem wütenden Achselzucken. «Wir werden bei der Originalversion bleiben müssen. Ich sage der lieben Verschiedenen gute Nacht und lege mich dann hin.» (Was war mit morgen? Was mit übermorgen? Was mit allen Tagen danach?)

Doch mitten in der Abschiedsrede über seine Migräne, die er neben dem üppigen Kopfbrett vortrug, nahmen plötzlich und unerwartet die Dinge mirnichts-dir-nichts eine scharfe Wende, wurde das Objekt unwesentlich, so daß er hinterher mit Erstaunen den Leichnam der durch ein Wunder überwältigten Riesin entdeckte und auf den moirierten Hüfthalter starrte, der ihre Narbe fast vollständig verdeckte.

In letzter Zeit hatte sie sich einigermaßen wohl gefühlt (die einzige Beschwerde, die sie noch peinigte, war ein Schluckauf), doch in den allerersten Tagen ihrer Ehe kehrten still die Schmerzen zurück, die ihr vom letzten Winter her bekannt waren. Sie stellte die nicht unpoetische Behauptung auf, das massige, miesepetrige Organ, das «wie ein alter Hund» in der Wärme unablässiger Fürsorge geschlafen hatte, sei jetzt eifersüchtig auf ihr Herz, einen Neuankömmling, der «nur einmal kurz gestreichelt» worden wäre. Wie dem auch sei, sie verbrachte reichlich einen Monat im Bett, lauschte aufmerksam dem inneren Aufruhr, dem probenden Wühlen, dem vorsichtigen Knabbern; dann beruhigte sich alles, sie stand sogar auf, kramte in den Briefen ihres ersten Mannes, verbrannte einige von ihnen, sortierte einige höchst betagte kleine Gegenstände – einen Kinderfingerhut; eine gehäkelte Börse für Kleingeld, die ihrer Mutter gehört hatte; etwas anderes noch, dünn, golden und flüssig wie die Zeit selbst. Um Weihnachten wurde sie wieder krank, und der geplante Besuch ihrer Tochter zerschlug sich.

Unablässig kümmerte er sich um sie. Er gab Muh-
laute des Trosts von sich und nahm mit verstecktem
Haß ihre unbeholfenen Liebkosungen entgegen, wenn
sie, eine Grimasse ziehend, ihm gelegentlich klarzuma-
chen suchte, daß nicht sie, sondern *er* (ein kleiner Finger
wies auf ihren Bauch) die Schuld trage an ihrer nächt-
lichen Trennung, und es hörte sich ganz so an, als sei sie
schwanger (scheinschwanger, schwanger mit ihrem
Tod). Immer ausgeglichen, immer beherrscht hielt er
den glatten Ton durch, den er von Anfang an gewählt
hatte, und sie war ihm für alles dankbar – für die altmo-
dische Galanterie, mit der er sie behandelte, für die höf-
liche Anrede, die ihrer Meinung nach dem zärtlichen
Umgang eine Dimension von Würde verlieh, für die
Art, wie er ihren Launen Genüge tat, für das neue Radiogrammophon, für seine gefügige Einwilligung, als
sie zweimal die Schwestern auswechselte, die angestellt
waren, sie rund um die Uhr zu versorgen.

Bei unbedeutenden Handreichungen ließ sie ihn
höchstens bis zur Zimmerecke aus den Augen, und
wenn er geschäftlich wegging, vereinbarten sie gemein-
sam im voraus die Dauer seiner Abwesenheit, und da
ihm seine Arbeit keinen starren Stundenplan aufer-
legte, mußte er bei jeder Gelegenheit – fröhlich, aber
mit zusammengebissenen Zähnen – um jedes Gran Zeit
kämpfen. Ohnmächtiger Zorn tobte in ihm, die Asche
zusammenbrechender Kombinationen erstickte ihn,
aber er war die Versuche leid, ihr Ableben zu beschleu-
nigen; die bloße Hoffnung darauf war so vulgär geworden, daß er es vorzog, deren Antithese zu hofieren:
Vielleicht wäre sie bis zum Frühjahr so weit wiederher-

gestellt, daß sie ihn mit dem Mädchen für ein paar Tage ans Meer fahren ließe. Aber wie sollte er das Fundament dafür legen? Ursprünglich hatte er sich vorgestellt, daß es ein Leichtes wäre, irgendwann einmal eine Geschäftsreise zum Vorwand zu nehmen und in jene Stadt mit ihrer schwarzen Kirche und den im Fluß sich spiegelnden Gärten hinüber zu brausen; doch als er einmal erwähnte, daß er durch einen glücklichen Zufall ihrer Tochter einen Besuch abstatten könnte, falls er nämlich an einen bestimmten Ort (er nannte eine nah gelegene Stadt) fahren mußte, hatte er das Gefühl, daß ein vager, winziger, fast unbewußter Funke der Eifersucht in ihren vorher gar nicht vorhandenen Augen aufzuckte. Eilends wechselte er das Thema und beruhigte sich mit dem Gedanken, daß sie selber offenbar jenen idiotischen Blitz von einer Eingebung vergessen hatte, den aufs neue zu zünden natürlich unsinnig gewesen wäre.

Die Regelmäßigkeit in dem Auf und Ab ihrer Gesundheit schien ihm geradezu die Mechanik ihrer Existenz zu verkörpern; diese Regelmäßigkeit wurde zur Regelmäßigkeit des Lebens schlechthin; was ihn selber betraf, so stellte er fest, daß das unaufhörliche Schwanken seiner Seele zwischen Verzweiflung und Hoffnung, die ständige Aufrauhung durch ungestillte Wünsche, die schmerzliche Last seiner eingerollten und verstauten Leidenschaft – dieses ganze wilde, erstickende Leben, das er und nur er selber sich eingebrockt hatte, bereits im Begriff war, seine Arbeit, die Genauigkeit seines Blicks und die facettierte Transparenz seiner Schlüsse zu beeinträchtigen.

Manchmal kam er an spielenden kleinen Mädchen vorbei, und manchmal stach ihm ein hübsches ins Auge; doch was das Auge wahrnahm, war die sinnlose glatte Bewegung eines Zeitlupenfilms, und er selber staunte, wie teilnahmslos und beschäftigt er war, wie spezifisch die von allen Seiten in Dienst gestellten Empfindungen – Traurigkeit, Begierde, Zärtlichkeit, Wahnsinn – sich jetzt auf das Bild dieses absolut einzigartigen und unersetzlichen Wesens konzentrierten, das an ihm vorbeisauste, während Sonne und Schatten um sein Kleid wetteiferten. Und abends manchmal, wenn alles sich beruhigt hatte – das Radiogrammophon, das Wasser im Badezimmer, die leisen weißen Schritte der Krankenschwester, das endlos langgezogene Geräusch (schlimmer als ein Knallen), mit dem sie die Türen zumachte, das vorsichtige Klimpern des Teelöffels, das Klicken des Arzneischränkchens, das grufthafte Lamentieren jener Person –, wenn alles das vollständig zur Ruhe gekommen war, lag er auf dem Rücken und beschwor das ein und einzige Bild, umwand sein lächelndes Opfer mit acht Händen, die sich in acht Tentakel verwandelten, welche sich an jedem Detail ihrer Nacktheit festsaugten, und schließlich löste er sich in schwarzem Nebel auf und verlor sie in der Schwärze, und die Schwärze breitete sich über alles und war nur die Schwärze der Nacht in seinem einsamen Schlafzimmer.

Im Frühjahr schien sich die Krankheit zum Schlimmeren zu wenden; es fand eine Beratung statt, und sie wurde ins Krankenhaus transportiert. Trotz ihrer Schmerzen sprach sie dort mit ihm am Vorabend der Operation mit hinlänglicher Klarheit über das Testament, den Anwalt, was er tun müsse, falls sie morgen... Sie ließ ihn zweimal – ja, zweimal – schwören, daß er das Mädchen behandeln werde, als wäre er sein wirklicher... Und daß er dafür sorgen werde, daß es ohne Groll an seine verstorbene Mutter zurückdachte. «Vielleicht sollten wir sie doch nach Hause holen», sagte er lauter als beabsichtigt, «was meinst du?» Sie aber gab schon keine Anweisungen mehr und kniff vor Schmerz die Augen fest zu; er blieb eine Weile am Fenster stehen, seufzte tief, küßte die gelbe Faust auf dem zurückgeschlagenen Bettuch und ging.

Früh am nächsten Morgen rief einer der Krankenhausärzte an und teilte ihm mit, die Operation sei soeben zu Ende gegangen, habe alle Hoffnungen des Chirurgen weit übertroffen und sei offenbar ein voller Erfolg gewesen, es wäre jedoch besser, einen Besuch erst morgen zu machen.

«Erfolg, was? Voll, was?» murmelte er unzusammenhängend, während er von Zimmer zu Zimmer eilte. «Ist das nicht fabelhaft? Wir sind zu beglückwünschen – wir werden genesen, wir werden geradezu aufblühen... Was geht hier eigentlich vor?» brüllte er plötzlich mit kehliger Stimme und warf die Toilettentür so heftig ins Schloß, daß das Kristall im Eßzimmer mit Angst reagierte. «Das wollen wir doch mal sehen», fuhr er inmitten der von Panik erfaßten Stühle fort. «Jawohl, der Herr... Hier sehen Sie nunmehr einen Erfolg! Einen Riesenerfolg, einen fiesen Erfolg!» Er äffte die Aussprache des greinenden Schicksals nach. «Ist doch prima, oder? Wir leben und gedeihen weiter und verheiraten unsre Tochter hübsch früh – egal, ob sie noch ein bißchen zart ist, denn der Bräutigam ist bestimmt ein kräftiger Kerl, der wird sich schon in ihre Zartheit hineinrammeln... Nein, mir reicht es. Ich lasse mich nicht länger zum Narren machen! Ich habe dabei auch ein Wort mitzureden! Ich...» – und plötzlich stieß seine schweifende Wut auf eine unerwartete Beute.

Er erstarrte, seine Finger zuckten nicht mehr, seine Augen verdrehten sich für einen Moment nach oben – und mit einem Lächeln kehrte er aus dieser kurzen Betäubung zurück. «Ich hab genug», wiederholte er immer wieder, aber jetzt mit einem anderen, fast versöhnlichen Ton.

Auf der Stelle erhielt er die benötigte Auskunft: Um 12 Uhr 23 fuhr ein passender D-Zug, der dort genau um 4 Uhr nachmittags eintraf. Für die Rückfahrt war die Verbindung nicht so einfach... Er mußte einen Mietwagen reservieren und sich gleich auf den Weg machen – am Abend sind wir wieder da, wir zwei beide, ganz für uns allein, die Kleine wäre müde und schläfrig, schnell, zieh dich aus, ich wiege dich in den Schlaf – mehr nicht, nur ein bißchen gemütliches Geknuddel, wer will schon zu Zwangsarbeit verurteilt sein (obwohl übrigens Zwangsarbeit in der Gegenwart besser wäre als irgend eine Pseudobefriedigung in der Zukunft)... die Stille, ihre nackten Schlüsselbeine, die kleinen Träger, die Knöpfe auf dem Rücken, die fuchsartige Seide zwischen den Schulterblättern, ihr schläfriges Gähnen, ihre heiße Achselhöhle, ihre Beine, ihre Zartheit – darf nicht den Kopf verlieren... Obwohl, was gäbe es denn Natürlicheres, als meine kleine Stieftochter nach Hause zu holen, mich am Ende doch dazu zu entschließen – sie schneiden immerhin die Mutter auf, nicht?... Normales Verantwortungsbewußtsein, normale Vaterpflichten, und hat mich nicht schließlich die Mutter selber gebeten, mich «um das Mädchen zu kümmern»? Und während die da im Krankenhaus in Ruhe wieder zu Kräften kommt, was – wir wiederholen – was gäbe es Natürlicheres, als hier, wo mein Schatz keinen Menschen störte... Außerdem wäre sie auf jeden Fall in der Nähe, man kann ja nie wissen, rechnen muß man mit allem... Ein Erfolg, ja? Um so besser – die Genesung kommt bei solchen Menschen der Gemütsverfassung zugute, und wenn die Gnädige immer noch zu zürnen beliebt, dann geben wir eben eine Erklärung ab, erklären, wir hätten nur das Beste gewollt, wären vielleicht ein bißchen durcheinander gewesen, zugegeben, aber immer in bester...

In freudigem Überschwang wechselte er seine Bettwäsche (in *ihrem* ehemaligen Schlafzimmer); räumte recht und schlecht auf; nahm ein Bad; sagte eine geschäftliche Verabredung ab; stornierte die Putzfrau; aß schnell ein paar Happen in seinem «Junggesellen»-Restaurant; kaufte einen Vorrat an Datteln, Schinken, Roggenbrot, Schlagsahne, Weintrauben – hatte er etwas vergessen? –, zerfiel, als er nach Hause zurückkam, in eine Vielzahl von Paketen und stellte sich immer aufs neue vor, wie sie hier vorübergehen und dort sitzen würde, wie sie, ganz Locken und Dunkel, ihre schmalen bloßen Arme federnd in den Rücken stützen würde – und in diesem Augenblick rief das Krankenhaus an und bat ihn, doch gleich vorbeizuschauen; auf dem Weg zum Bahnhof machte er dort widerwillig Halt und erfuhr, daß die Person nicht mehr am Leben war.

Zuallererst packte ihn ein Gefühl wütender Enttäuschung: Das hieß also, sein Plan war gescheitert, diese Nacht mit all ihrer warmen, gemütlichen Nähe war ihm entrissen, und wenn sie auf ein Telegramm hin käme, so natürlich in Begleitung jener alten Hexe und ihres Mannes, und die beiden quartierten sich für reichlich eine Woche ein. Doch genau der Charakter dieser ersten Reaktion, die Schwungkraft seiner kurzsichtigen Gefühlsaufwallung schuf ein Vakuum, denn ein unmittelbarer Übergang vom Ärger über ihren Tod (der ihm zufälligerweise in die Parade gefahren war) zur Dankbarkeit (für die grundlegende Wende, die das Schicksal genommen hatte) war unmöglich. Inzwischen füllte sich das Vakuum erst einmal mit grauem menschlichem Inhalt. Während er auf einer Bank im Garten des Krankenhauses saß, sich langsam beruhigte und auf die verschiedenen Schritte der Bestattungsprozedur einstellte, ließ er mit angemessener Trauer im Geist Revue passieren, was er soeben mit eigenen Augen gesehen hatte: die blanke Stirn, die durchscheinenden Nasenflügel mit der perlenartigen Warze auf der einen Seite, das Ebenholzkreuz, die ganze Juweliersarbeit des Todes. Verächtlich gab er nebenher der Chirurgie den Laufpaß und überlegte sich, wie ausnehmend gut sie es doch unter seiner Schirmherrschaft gehabt hatte, wie er ihr ungewollt einiges an wirklichem Glück verschafft hatte, das ihr die letzten Tage ihrer vegetativen Existenz aufhellte, und von da aus war es bereits ganz natürlich, daß er dem schlauen Schicksal vorbildliches Verhalten attestierte und den ersten köstlichen Pulsschlag in seinem Blutstrom verspürte: Der einsame Wolf schickte sich an, die Nachthaube der Großmutter aufzusetzen.

Er erwartete sie am nächsten Tag zur Mittagessenszeit. Die Klingel läutete pünktlich, doch allein die Freundin der Verstorbenen stand auf der Schwelle. (Sie streckte ihm die knochigen Hände entgegen und nutzte auf unfaire Weise ihren starken Schnupfen zur anschaulichen Beileidsbekundung aus.) Weder ihr Mann noch «die kleine Waise» hatten mitkommen können, weil beide mit Grippe darniederlagen. Seine Enttäuschung wurde leichter durch den Gedanken, daß es so auch das Beste war – warum alles verderben? Die Gegenwart des Mädchens inmitten all der kombinierten Ungelegenheiten der Bestattung wäre ebenso quälend gewesen, wie es ihre Ankunft bei der Hochzeit gewesen war, und es war doch viel vernünftiger, in den kommenden Tagen die Formalitäten hinter sich zu bringen und den radikalen Sprung in die völlige Sicherheit gründlich vorzubereiten. Das einzige, was ihn irritierte, war, wie die Frau «beide» sagte – das Band der Krankheit (als teilten die beiden Patienten ein gemeinsames Krankenbett), das Band der Ansteckung (vielleicht hatte dieser ordinäre Patron gern ihre nackten Schenkel betatscht, wenn er hinter ihr eine steile Treppe hinaufstieg).

In gespieltem Schock – was das Allereinfachste war,

wie auch Mörder wissen – saß er da wie ein niederge-
schlagener Witwer, hielt die überlebensgroßen Hände
gesenkt, quittierte ihren Rat, seiner Trauerverstopfung
durch Tränen Erleichterung zu verschaffen, nur mit
einer knappen Lippenbewegung und sah mit trübem
Blick zu, wie sie sich die Nase schneuzte. (Alle drei
waren sie durch die Erkältung vereint – um so besser.)
Als sie sich geistesabwesend gierig über den Schinken
hermachte und dabei Dinge äußerte wie «Wenigstens
mußte sie nicht lange leiden» oder «Gott sei Dank war
sie nicht bei Bewußtsein», basierend auf der zusam-
mengewürfelten Annahme, Leiden und Schlaf seien
das natürliche Los des Menschen, die Würmer hätten
hübsche kleine Gesichter und die allerletzte Flotation
fände in seliger Stratosphäre statt, war er drauf und
dran, ihr zu antworten, daß der Tod als solcher ein ob-
szöner Idiot war und immer einer bleiben werde,
machte sich indessen beizeiten klar, daß das seine Trö-
sterin dazu bringen könnte, unersprießliche Zweifel an
seiner Fähigkeit zu hegen, dem heranwachsenden Mädchen eine religiöse und moralische Erziehung angedei-
hen zu lassen.

Bei der Beerdigung waren sehr wenige Leute (aber
aus irgendeinem Grund tauchte auch eine Art früherer
Freund, ein Goldschmied, mit seiner Frau auf), und
hinterher im Wagen nach Hause sagte eine dickliche
Dame (die auch bei seiner farcenhaften Hochzeit zuge-
gen gewesen war) mitleidig, aber in unzweideutigen
Worten (indes sein gesenkter Kopf sich vom Ruckeln
des Autos zu einem Nicken bewegen ließ), jetzt müsse
endlich etwas an der unnormalen Situation des Kindes

geändert werden (währenddessen tat die Freundin seiner verstorbenen Gattin, als spähte sie hinaus auf die
Straße), und zweifellos würde er den nötigen Trost aus
seinen Vaterpflichten beziehen, und eine dritte Frau
(eine unendlich ferne Verwandte der Verstorbenen)
stimmte ein mit den Worten: «Und was ist sie für ein
hübsches Mädchen! Sie müssen auf sie aufpassen wie
ein Schießhund – für ihr Alter ist sie schon ziemlich
groß, und in drei Jahren oder so werden die Jungs an ihr
kleben wie die Fliegen, und dann kommen Sie aus den
Sorgen gar nicht mehr heraus», und währenddessen
lachte er unausgesetzt in sich hinein und schwebte auf
einem Federbett des Glücks.

Am Tag davor war als Antwort auf ein zweites Telegramm («Besorgt um Gesundheit Kuß» – und dieser auf
dem Telegrammformular stehende Kuß war der erste
wirkliche) die Nachricht eingetroffen, daß keiner von
ihnen mehr Fieber hatte, und bevor sie wieder nach
Hause fuhr, zeigte ihm die Freundin, deren Nase immer noch lief, eine kleine Schachtel und fragte ihn, ob
sie sie dem Mädchen mitnehmen könne (sie enthielt
einige mütterliche Kinkerlitzchen aus ferner, heiliger
Vergangenheit), woraufhin sie sich erkundigte, was als
nächstes geschähe, und wie. Und jetzt verkündete er
ihr, was geschehen solle und wie, und er tat es außeror-
dentlich langsam und ausdruckslos und mit häufigen
Pausen, als überwände er mit jeder Silbe die Sprach-
losigkeit der Trauer: Nachdem er ihr zunächst für das
Jahr gedankt hatte, das sie sich des Mädchens angenommen hatte, eröffnete er ihr, daß er in genau zwei Wochen
kommen und seine Tochter (genau das Wort, das er ge-

brauchte) abholen werde, um mit ihr in den Süden und dann wahrscheinlich ins Ausland zu fahren. «Ja, das ist klug», sagte die andere mit Erleichterung (ein wenig lauer Erleichterung, aber das nur darum, so hoffte er, weil sie in letzter Zeit an ihrem Schützling ganz hübsch verdient hatte). «Verreisen Sie, bringen Sie sich auf andere Gedanken – eine Reise ist immer das Beste, um über die Trauer hinwegzukommen.»

Er brauchte die beiden Wochen, um seine Angelegenheiten zu ordnen, so daß er sich um diese wenigstens ein Jahr lang nicht weiter zu kümmern brauchte; danach würde er weitersehen. Er war gezwungen, gewisse Stücke aus seiner Sammlung zu verkaufen. Und beim Packen stieß er in seinem Schreibtisch auf eine einst aus dem Staub aufgelesene Münze (die sich im übrigen als falsch erwiesen hatte). Er lachte in sich hinein: Der Talisman hatte seine Pflicht bereits getan.

Als er in den Zug stieg, schien die Adresse von übermorgen noch ein Küstenstreifen in sengendem Dunst, ein prophetisches Symbol künftiger Anonymität. Das einzige, was er versuchsweise vorausgeplant hatte, war, wo sie auf dem Weg in den schimmernden Süden die Nacht verbringen würden; die folgenden Unterkünfte schon im voraus zu bestimmen, schien ihm überflüssig. Der Ort spielte ja keine Rolle – immer würde ein nackter kleiner Fuß ihn zieren; das Ziel war belanglos – solange er sich mit ihr in die blaue Leere davonmachen konnte. Wie Geigenstege flogen mit Anfällen kehliger Musik die Telegraphenmasten vorbei. Das rhythmische

Pochen der Wagenabteile war wie das Rascheln mächtig sich wölbender Schwingen. Wir werden weit weg leben, bald in den Bergen, bald an der See, in einer Treibhaushitze, in der wilde Nacktheit ganz von selber zur Gewohnheit werden wird, völlig allein (kein Dienstpersonal!), ohne Kontakte zu anderen, nur wir beide in einem ewigen Kinderzimmer, und so wird das verbleibende Schamgefühl den Todesstoß erhalten. Unausgesetzt wird es Jux und Tollerei geben, Morgenküsse, Gerangel auf der geteilten Bettstatt, einen einzigen gewaltigen Schwamm, der seine Tränen auf vier Schultern vergießt, Gelächter zwischen vier Beinen verspritzt.

In den gebündelten Strahlen einer inneren Sonne schwelgend, sann er über das köstliche Bündnis zwischen Vorbedacht und reinem Zufall nach, über die paradiesischen Entdeckungen, die ihrer harrten, über die Art, wie ihr die amüsanten Eigenschaften von Körpern verschiedenen Geschlechts aus der Nähe besehen zwar höchst bemerkenswert, dabei jedoch natürlich und alltäglich vorkommen würden, indes die subtilen Feinheiten raffiniertester Leidenschaft für sie vorerst nur ein Alphabet von unschuldigen Liebkosungen darstellten. Ihre einzige Unterhaltung würden Kinderbücher bilden (der Lieblingsriese, der Märchenwald, der Sack mit seinem Schatz) und die amüsanten Folgen, die sich einstellten, wenn sie neugierig das Spielzeug mit seinem vertrauten, aber nie langweilig werdenden Trick befingerte. Mithilfe von Koseworten und Scherzen, welche die letzlich absichtslose Einfachheit gewisser Seltsamkeiten bekräftigten, mußte es seiner Überzeugung nach ein Leichtes sein, die Aufmerksamkeit eines jungen

Mädchens im voraus von den Vergleichen, Verallge-
meinerungen und Fragen abzulenken, die sich vielleicht
aus irgendwelchen Reden ergäben, die ihr zufällig ans
Ohr gekommen waren, aus einem Traum oder aus ihrer
ersten Menstruation, und was sich so bewerkstelligen
lassen mußte, war ein schmerzloser Übergang aus einer
Welt der halben Abstraktionen, deren sie sich wahrscheinlich halb bewußt war (wie der richtigen Deutung
des von allein anschwellenden Bauches einer Nachbarin oder der schulmädchenhaften Vorliebe für die Vi-
sage eines Kinoidols der Nachmittagsvorstellungen),
von allem, was irgendwie mit der Liebe unter Erwachsenen zu tun hatte, hin zur Wirklichkeit eines unbe-
schwerten Spaßes, während Anstand und Moral sich
jeder Visite enthielten, da sie weder wußten, was sich
da tat, noch die Adresse kannten.

Das Hochziehen von Zugbrücken mochte ein wir-
kungsvolles Schutzsystem bis zu jenem Tag darstellen,
da der blühende Abgrund selber mit einem stämmigen
jungen Zweig zum Gemach hinauflangte. Doch eben
weil die Gefangene während der ersten zwei Jahre keine
Ahnung hätte von dem zeitweilig ungesunden Nexus
zwischen der Puppe in ihrer Hand und dem Keuchen
des Puppenspielers, zwischen der Pflaume in ihrem
Mund und der Wollust des fernen Baums, mußte er besonders darauf achten, daß sie nirgendwo allein hinging,
häufig die Adresse wechseln (ideal wäre eine Miniatur-
villa in einem uneinsehbaren Garten), ein wachsames
Auge darauf haben, daß sie sich nicht mit anderen Kindern anfreundete oder Gelegenheit hatte, sich mit der
Gemüsehändlerin oder der Putzfrau zu verplaudern,

konnte man doch nie wissen, welcher schamlose Elf den Lippen verzauberter Unschuld entfahren mochte – und welches Ungeheuer das Ohr eines Fremden mit sich davontrüge, es den Weisen zwecks Untersuchung und Erörterung zu unterbreiten. Und doch, was könnte man denn dem Zauberer vorwerfen?

Er wußte, daß er genügend Freude an ihr hätte, um sie nicht vorzeitig zu entzaubern, irgend etwas an ihr durch unangemessen offensichtliche Lustbezeigungen hervorzuheben oder bei seiner mönchischen Wanderung zu hartnäckig in eine kleine Sackgasse vorzustoßen. Er wußte, daß er ihre Jungfräulichkeit im straffsten und rosasten Sinne des Wortes nicht antasten würde, bis die Evolution ihrer Liebkosungen eine gewisse unsichtbare Stufe erreicht hätte. Er würde sich zurückhalten bis zu jenem Morgen, da sie immer noch lachend auf ihre eigene Ansprechbarkeit horchen und nunmehr verstummt verlangen würde, die Suche nach der versteckten Instrumentensaite zu ihrer gemeinsamen Sache zu machen.

Wenn er sich so die kommenden Jahre ausmalte, stellte er sie sich weiter als eine Heranwachsende vor – so lautete die Forderung des Fleisches. Als er sich bei dieser Voraussetzung ertappte, machte er sich jedoch mühelos klar, daß selbst dann, wenn das voraussichtliche Vergehen der Zeit im Augenblick nicht zuließ, seinen Gefühlen ein beständiges Fundament zu verschaffen, das allmähliche Fortschreiten aufeinanderfolgender Freuden für natürliche Erneuerungen seines Pakts mit dem Glück sorgen würde, der ja auch die Anpassungsfähigkeit lebendiger Liebe berücksichtigte. Gleich welches

Alter sie erreichte, siebzehn, zwanzig – vor dem Licht
dieses Glücks schiene ihr gegenwärtiges Bild immer
durch ihre Metamorphosen hindurch und nährte deren
durchsichtige Schichten aus seinem inneren Born. Und
eben dieser Prozeß würde ihm ohne Verlust oder Min-
derung gestatten, jedes makellose Stadium ihrer Ver-
wandlungen zu genießen. Zur Fraulichkeit herange-
wachsen und von ihr gezeichnet, hätte sie selber zudem
nie wieder die Freiheit, in ihrem Bewußtsein und Gedächtnis die eigene Entwicklung von der ihrer Liebe,
die Kindheitserinnerungen von den Erinnerungen an
männliche Zärtlichkeiten abzulösen. Infolgedessen
würden ihr Vergangenheit, Gegenwart und Zukunft als
ein einziges Leuchten erscheinen, dessen Quelle wie sie
selber aus ihm hervorgegangen war, ihrem lebendgebä-
renden Liebhaber.

So ginge ihr Leben weiter und weiter – lachend, Bücher lesend, goldene Leuchtkäfer bestaunend, in Ge-
sprächen über das blühende, ummauerte Gefängnis der
Welt, und er würde ihr Geschichten erzählen, und sie
würde zuhören, seine kleine Cordelia, und unter dem
Mond atmete ganz in der Nähe das Meer... Und überaus langsam, anfangs mit all der Sensibilität seiner Lippen, dann im Ernst, mit ihrem ganzen gemeinsamen
Gewicht, immer tiefer, nur so – zum ersten Mal – in
dein entzündetes Herz, so, die Passage erzwingend, so,
eintauchend zwischen ihren schmelzenden Saum...

Die Dame gegenüber stand aus irgendeinem Grund
plötzlich auf und wechselte in ein anderes Abteil; er sah
auf das leere Zifferblatt seiner Armbanduhr – es war
nicht mehr lange bis dahin –, und dann stieg er auch

schon entlang einer weißen, mit blendenden Glasscherben gekrönten Mauer empor, während über ihm Scharen von Schwalben flogen.

Auf der Veranda begrüßte ihn die Freundin der Verstorbenen und erklärte ihm das Vorhandensein eines Aschenhaufens und angekohlter Stämme in einer Gartenecke mit dem Umstand, daß es in der Nacht gebrannt habe; die Feuerwehr habe Mühe gehabt, die tobenden Flammen unter Kontrolle zu bekommen, habe einen jungen Apfelbaum umgelegt, und klar habe keiner ein Auge zugekriegt. Genau in diesem Augenblick kam *sie* heraus – in einem dunklen Strickkleid (bei dieser Hitze!) mit einem glänzenden Ledergürtel, um den Hals hatte sie eine Kette, lange schwarze Strümpfe trug die Arme, und in diesem allerersten Augenblick kam es ihm so vor, als sei sie nicht ganz so hübsch wie vordem, als sei sie stupsnasiger und langbeiniger geworden. Düster nahm er sie rasch und nur mit einem Gefühl akuter Zärtlichkeit für ihre Trauer bei der Schulter und küßte ihr warmes Haar.

«Alles hätte abbrennen können!» rief sie, hob ihr rosig erleuchtetes Gesicht und verdrehte die Augen, in denen die fließend durchsichtigen Spiegelungen von Sonne und Garten schimmerten.

Zufrieden hielt sie sich an seinem Arm, als sie das Haus im Gefolge seiner laut redenden Herrin betraten – und schon war die Spontaneität verflogen, schon beugte er verlegen seinen Arm (oder war es ihrer?), und an der Tür zum Wohnzimmer, von wo der Monolog widerhallte, der ihnen vorausgegangen war und jetzt vom Aufklappen der Fensterläden begleitet wurde, befreite

«Die Liebe ist . . .

...wie eine Lebensversicherung. Je später man eintritt, desto höher sind die Prämien.» Sacha Guitry, der geistvolle Spötter, mußte es wissen: Immerhin hatte er mit über hundert Lustspielen zum Thema Nummer eins großen Erfolg.

Liebe beginnt meistens mit vielen gegenseitigen Versprechungen – und endet oft ganz anders. Andere Verträge sind da sicherer, und je früher man eintritt, desto eher gibt es Prämien.

Pfandbrief und Kommunalobligation

Meistgekaufte deutsche Wertpapiere - hoher Zinsertrag - bei allen Banken und Sparkassen

Verbriefte Sicherheit

er seine Hand, und als handele es sich um eine zerstreute Gebärde des Zartsinns (aber in Wahrheit für einen Augenblick in ein gutes, festes Tasterlebnis mitsamt Delle vertieft), tätschelte er ihre Hüfte – so als wollte er sagen: Nun lauf schon, Kind – und dann setzte er sich auch bereits, fand einen Ort für seinen Spazierstock, gab sich Feuer, suchte nach einem Aschbecher, beantwortete eine Frage, die ganze Zeit über erfüllt von wildem Frohlocken.

Einen Tee lehnte er ab, und als Erklärung gab er an, daß der Wagen, den er am Bahnhof bestellt hatte, jeden Moment kommen müsse, daß er schon sein Gepäck enthielt (wie es in Träumen vorkommt, hatte diese Einzelheit einen Anflug von Sinn), und daß «du und ich gleich ans Meer fahren» – was er fast schon laut in die Richtung des Mädchens rief, das sich mitten im Schritt umdrehte und dabei beinahe einen Hocker umriß, jedoch auf der Stelle das jugendliche Gleichgewicht wiederfand, wendete, sich setzte und den Hocker mit seinem niedersinkenden Rock bedeckte.

«Was?» fragte sie und streifte mit einem Seitenblick auf die Gastgeberin (der Hocker war schon einmal kaputtgegangen) das Haar zurück. Er sagte es noch einmal. Voller Freude zog sie die Augenbrauen hoch – daß es so kommen würde, heute schon, das hatte sie nicht geahnt.

«Und ich hatte gehofft», log die Gastgeberin, «Sie würden die Nacht bei uns verbringen.»

«Das kann doch nicht wahr sein!» rief das Mädchen, kam auf dem Parkett zu ihm herübergeschlittert und fuhr dann mit unerwarteter Schnelligkeit fort:

«Glaubst du, daß ich bald schwimmen lernen kann? Eine Freundin von mir hat gesagt, man kann es gleich, man muß nur erst lernen, keine Angst zu haben, und das dauert einen Monat...» Doch die Frau zupfte sie schon am Ellbogen, auf daß sie gehe und mit Maria die Sachen fertig packe, die im linken Schrankfach bereitlagen.

«Ich gestehe, ich beneide Sie nicht», sagte sie, als das Kind draußen war, und übertrug damit ihre Erziehungsberechtigung auf ihn. «In letzter Zeit, vor allem nach ihrer Grippe, hat sie alle möglichen Ausbrüche und Wutanfälle gehabt; neulich war sie frech zu mir – ein schwieriges Alter ist das. Alles in allem glaube ich, es wäre gut, wenn Sie eine junge Frau anstellen, die sich um sie kümmert, und sie dann im Herbst in ein gutes katholisches Internat geben. Wie Sie sehen, hat der Tod ihrer Mutter sie nicht gar so sehr mitgenommen – natürlich könnte es auch sein, daß sie es nur nicht zeigt, was weiß ich. Unser gemeinsames Leben ist nun zu Ende... Übrigens schulde ich Ihnen noch... Aber nein, das will ich nicht, ich bestehe darauf... Ach so, der kommt erst so gegen sieben von der Arbeit – er ist bestimmt sehr enttäuscht... So ist das Leben, was kann man da machen. Wenigstens hat sie jetzt im Himmel Ruhe, die Arme, und Sie sehen auch besser aus... Wenn wir uns nicht kennengelernt hätten... Ich weiß einfach nicht, wie ich ein fremdes Kind weiter durchgebracht hätte, und Waisenhäuser, die führen direktemang Sie wissen schon wohin. Das ist immer meine Rede gewesen – im Leben kann man nie wissen. Erinnern Sie sich noch an den Tag da auf der Bank – erinnern Sie sich? Ich hätte mir nie träumen lassen, daß sie noch einmal einen Mann abbekommen könnte, und doch hat mir mein weiblicher Instinkt gesagt, daß sich etwas in Ihnen gerade nach solch einer Zuflucht sehnte.»

Ein Wagen materialisierte sich hinter dem Laubwerk. Eingestiegen! Die vertraute schwarze Mütze, den Mantel überm Arm, einen kleinen Koffer, Hilfestellung von Maria mit den roten Händen. Warte nur, bis du siehst, was ich dir alles kaufen werde… Sie bestand darauf, neben dem Fahrer zu sitzen, und er mußte einwilligen und verbergen, wie sehr es ihn dauerte. Die Frau, die wir nie wiedersehen werden, winkte mit einem Apfelbaumzweig hinterher. Maria scheuchte die Hühner hinein. Los geht's, los geht's.

Er lehnte sich in den Sitz zurück, hielt den Stock – ein sehr wertvolles altes Exemplar mit einem dicken Korallenkopf – zwischen den Beinen und spähte durch die Trennscheibe zur Baskenmütze und den zufriedenen Schultern hin. Für Juni war das Wetter ungewöhnlich sommerlich, durchs Fenster kam ein Strom von Wärme hereingerauscht, und bald nahm er die Krawatte ab und knöpfte sich den Kragen auf.

Nach einer Stunde wandte sich das Mädchen nach ihm um. (Sie zeigte auf irgend etwas am Straßenrand, doch obwohl er sich offenen Munds danach umdrehte, war es zu spät, um noch etwas zu erkennen – und aus irgendeinem Grund, ohne logische Verbindung fuhr ihm der Gedanke durch den Kopf, daß zwischen ihnen schließlich ein Altersunterschied von fast dreißig Jahren bestand.) Um sechs hielten sie, um ein Eis zu essen, während der gesprächige Fahrer am Nebentisch Bier trank und seinen Kunden an verschiedenen Überlegungen teilhaben ließ.

Weiter geht unsre Fahrt. Er schaute zu dem Wald hin, der in Wellenlinien von Hügel zu Hügel immer näher herangehüpft kam, bis er einen Hang hinunterglitt und über die Straße strauchelte, wo er gezählt und aufgestapelt wurde. «Sollen wir hier eine Pause machen?» fragte er sich. «Wir könnten etwas gehen, uns für eine Weile inmitten von Pilzen und Schmetterlingen aufs Moos setzen...» Doch er konnte sich nicht überwinden, den Chauffeur halten zu lassen: Die Vorstellung eines verdächtigen Autos, das da leer an der Landstraße warten würde, hatte etwas Unerträgliches.

Dann wurde es dunkel, und unmerklich gingen ihre Scheinwerfer an. Sie hielten am erstbesten Lokal an der Straße, um zu Abend zu essen, wieder lungerte der Philosoph in der Nähe und schien weniger zu dem Steak und den Kartoffelkroketten seines Arbeitgebers herüberzuluchsen als zum Profil des Haars, das ihr Gesicht verdeckte, zu ihrer zartgeschwungenen Wange... Mein Liebchen ist müde, und die Reise, das reichhaltige Fleischgericht, der Tropfen Wein haben ihm Farbe gegeben. Die schlaflose Nacht mit dem rosigen Schein des Feuers in der Dunkelheit verlangt ihren Tribut, die Serviette rutscht aus der weichen Mulde ihres Rocks... Und alles dies gehört jetzt mir... Er fragte, ob sie wohl ein Zimmer frei hätten – nein, hatten sie nicht.

Trotz ihrer zunehmenden Mattigkeit weigerte sie sich standhaft, ihren vorderen Sitz gegen die Stützpolster in den gemütlichen Tiefen des Wagens zu vertauschen, und zwar mit der Begründung, da hinten würde ihr übel. Endlich, endlich begannen Lichter in der heißen, schwarzen Leere heranzureifen und zu bersten, sogleich wurde ein Hotel ausersehen und die peinvolle Fahrt bezahlt, und dieser Teil war erledigt. Sie schlief halb, als sie auf den Gehsteig hinauskroch, blieb benommen in der bläulichen, grobkörnigen Dunkelheit stehen, dem warmen Geruch nach Verbranntem, dem Donnern und Nageln von zwei, drei, vier Lastwagen, die die verlassene nächtliche Straße ausnutzten, um mit furchterregendem Tempo eine Kurve hinunterzubrausen, hinter der sich eine heulende, ächzende, knatternde Steigung verbarg.

Ein kurzbeiniger, makrozephaler Alter mit aufgeknöpfter Weste – schwerfällig und trödelig, erklärte er lang und breit und mit schuldbewußtem Wohlwollen, er spränge nur ein für den Besitzer, der sein ältester Sohn sei und weggemußt hätte, um Familienangelegenheiten zu erledigen – suchte lange in einem schwarzen Buch, verkündete sodann, er habe kein Zimmer mit zwei Einzelbetten frei (in der Stadt fände eine Blumenausstellung statt, und es seien viele Besucher da), aber eines mit Doppelbett, «was auf das gleiche hinausläuft, Sie und Ihre Tochter sind dann sogar noch...»

«In Ordnung, in Ordnung», unterbrach der Reisende, indes das nebelhafte Kind in einiger Entfernung alleine dastand und blinzelte, um eine sich verdoppelnde Katze scharf in seinen matten Blick zu bekommen.

Sie stiegen nach oben. Das Personal ging offenbar früh zu Bett, oder es war ebenfalls weg. Der gebückte, ächzende Gnom probierte einen Schlüssel nach dem andern aus; eine alte Frau mit lockigem grauem Haar und nußbraun gebranntem Gesicht in einem blauen Pyjama kam aus der Toilette nebenan und beäugte bewundernd dieses müde hübsche Mädchen in der gehorsamen Pose eines zarten Opfers, dessen dunkles Kleid sich von dem Ocker der Wand abhob, an der es mit den Schulterblättern lehnte, den zerzausten, leicht zurückgeworfenen Kopf langsam hin und her drehend und mit den Lidern zuckend, als versuche es, seine ungewöhnlich dichten Wimpern zu entwirren. «Nun los, machen Sie schon auf», sagte gereizt ihr Vater, ein kahl werdender Herr, auch er Tourist.

«Soll ich hier schlafen?» fragte das Mädchen gleichgültig, und als er bejahte, während er mit den Fensterläden kämpfte und ihre augenhaften Ritzen zudrückte, warf sie einen Blick auf die Mütze, die sie in der Hand hielt, und warf sie schlaff auf das breite Bett.

«Da wären wir», sagte er, nachdem der Alte ihre Koffer hereingeschleppt hatte und gegangen war, und im Zimmer blieb einzig das Klopfen seines Herzens und der entfernte Puls der Nacht zurück. «Nun denn, Zeit, zu Bett zu gehn.»

Vor Schläfrigkeit taumelnd, stieß sie gegen eine Ecke des Sessels, was er nutzte, um sich gleichzeitig zu setzen und sie um die Hüfte zu fassen und an sich heranzuziehen. Sie richtete sich auf, reckte sich wie ein Engel, spannte für den Bruchteil einer Sekunde jeden Muskel an, machte noch einen halben Schritt und ließ sich sacht auf seine Knie nieder. «Mein Liebchen, mein armes kleines Mädchen», sprach er in einer Art allgemeinem Nebel aus Mitleid, Zärtlichkeit und Begehren, während er ihre Mattheit beobachtete, ihre Benommenheit, ihr schwindendes Lächeln, sie durch das dunkle Kleid hindurch betastete, durch die dünne Wolle hindurch das Gummiband des Waisenstrumpfhalters auf der nackten Haut fühlte, sich sagte, wie schutzlos, verlassen, warm sie war, in dem lebendigen Gewicht ihrer Beine schwelgte, als diese auseinanderglitten und mit kaum hörbarem körperlichem Rascheln sich auf ein wenig höherer Ebene wieder kreuzten. Langsam schlang sie ihm einen schlaftrunkenen, in seinem schmucken kleinen Ärmel steckenden Arm um den Hals und überflutete ihn mit dem Kastanienduft ihres weichen Haars, doch dann glitt ihr Arm hinunter, und verschlafen stupste sie mit der Sohle ihrer Sandale die Reisetasche an, die neben dem Sessel stand... Ein Dröhnen näherte sich draußen vor dem Fenster und entfernte sich wieder. Dann wurde in der Stille das Summen einer Mücke hörbar, und aus irgendeinem Grund rief es in ihm die flüchtige Erinnerung an etwas unendlich Fernes herauf, spätes Zubettgehen in seiner Kindheit, eine sich auflösende Lampe, das Haar seiner gleichaltrigen Schwester, die lange, lange tot war. «Mein Liebchen», wiederholte er, schnäuzelte schlabberig schmusend eine Locke beiseite, und fast ohne Druck auszuüben, schmeckte er neben der Kühle der Kette ihren heißen, seidigen Nacken; dann faßte er sie an den Schläfen, so daß ihre Augen sich streckten und schlitzten, begann er ihre sich öffnenden Lippen, ihre Zähne zu küssen...

Langsam wischte sie sich den Mund mit dem geknickten Handgelenk ab, ihr Kopf sackte an seine Schulter, und nur noch ein schmales Sonnenuntergangsleuchten schien zwischen ihren Lidern hervor, denn sie war praktisch eingeschlafen.

Es klopfte an die Tür. Er zuckte heftig zusammen (und zog hastig die Hand aus ihrem Gürtel, ohne herausbekommen zu haben, wie er sich öffnen ließ). «Wach auf, runter mit dir», sagte er und schüttelte sie schnell. Sie öffnete weit die leeren Augen und rutschte von dem Eisbuckel seines Knies ab.

«Herein», sagte er.

Der Alte spähte herein und verkündete, der Herr würde unten verlangt, jemand von der Polizeiwache wolle ihn sprechen.

«Die Polizei?» fragte er und verzog vor Verwunderung das Gesicht. «Die Polizei?... Na gut, Sie können gehen – ich bin gleich unten», fügte er hinzu, ohne aufzustehen. Er zündete sich eine Zigarette an, schneuzte die Nase, und durch den Rauch blinzelnd, faltete er das Taschentuch sorgfältig wieder zusammen. «Hör zu», sagte er, ehe er ging, «deine Reisetasche ist da drüben. Ich mache sie dir auf, und du nimmst dir heraus, was du brauchst, ziehst dich aus und gehst inzwischen zu Bett. Das Badezimmer ist die erste Tür links.»

«Warum die Polizei?» dachte er, als er die schlecht beleuchtete Treppe hinunterging. «Was will die?»

«Was ist los?» fragte er scharf, als er in der Empfangshalle ankam und dort einen bereits unruhigen Gendarmen sah, einen dunkelhäutigen Riesen mit den Augen und dem Kinn eines Kretins.

«Los ist», kam die bereitwillige Antwort, «daß Sie anscheinend mit auf die Polizeiwache kommen müssen – es ist nicht weit.»

«Nah oder weit», sprach der Reisende nach kurzem Stillschweigen, «es ist nach Mitternacht, und ich war gerade dabei, mich zur Ruhe zu begeben. Überdies nehmen Sie bitte zur Kenntnis, daß jedwede Folgerung, besonders eine so dynamische, sich einem Ohr, dem der Gedankengang unbekannt ist, der zu ihr hinführte, als ein Rufen in der Wüste darstellt, oder um es einfacher auszudrücken, was nur logisch ist, wird als zoologisch ausgelegt. Außerdem wäre ein Globetrotter, der soeben und zum ersten Mal in Ihrer gastfreundlichen kleinen Stadt eingetroffen ist, doch neugierig, Ihren Grund zu erfahren – vielleicht handelt es sich ja um irgendeinen lokalen Brauch –, wieso Sie ausgerechnet mitten in der Nacht darauf verfallen, eine Einladung auszusprechen, eine Einladung, die um so unannehmbarer ist, als ich nicht allein bin, sondern ein müdes kleines Mädchen bei mir habe. Nein, warten Sie, ich bin noch nicht zu Ende... Wer hat je gehört, daß es gerecht wäre, das Gesetz erst zu vollstrecken und die Gründe für seine Anwendung erst danach zu nennen? Warten Sie auf irgendwelche Anschuldigungen, meine Herren, warten Sie, bis irgend jemand eine kleine Beschwerde vorbringt! Bisher aber kann meine Nachbarin nicht durch die Wand blicken und der Fahrer meine Seele nicht erforschen. Schließlich und endlich – und das ist vielleicht das Wichtigste – haben Sie die Güte, sich mit meinen Papieren vertraut zu machen.»

Der jetzt verwirrte Schwachkopf machte sich vertraut, kam zur Besinnung und begann den unglückseligen Alten zu bearbeiten. Es stellte sich heraus, daß letzterer nicht nur zwei ähnlich klingende Namen durcheinandergebracht hatte, sondern außerstande war zu erklären, wann und mit welchem Ziel der gesuchte Streuner abgereist war.

«Schon gut, schon gut», sagte der Reisende friedfertig, nachdem er in vollem Bewußtsein der Unverwundbarkeit seinen Ärger über die Zeitvergeudung ganz an seinem vorschnellen Feind ausgelassen hatte. (Dem Schicksal sei Dank, daß sie nicht hinten im Auto gesessen hatte; dem Schicksal sei Dank, daß sie in der Junisonne nicht auf Pilzsuche gegangen waren – und natürlich auch dafür, daß die Fensterläden dicht gewesen waren.)

Er hatte den Treppenabsatz im Lauf erreicht, da fiel ihm ein, daß er sich die Zimmernummer nicht gemerkt hatte, und zögernd blieb er stehen und spuckte den Zigarettenstummel aus... Die Ungeduld seiner Gefühle hielt ihn ab, noch einmal hinunterzugehen und sich die Auskunft zu holen, und außerdem war es unnötig – er erinnerte sich, wie die Türen auf dem Gang zueinander angeordnet waren. Er fand die richtige Tür, leckte die Lefzen, packte den Türknauf, war drauf und dran...

Die Tür war verriegelt; in der Magengrube fühlte er einen schrecklichen Schmerz. Wenn sie sich eingeschlossen hatte, dann hieß das, sie wollte ihn aussperren, sie hatte Verdacht geschöpft... Hätte sie nicht so küssen sollen... Muß ihr Angst eingejagt haben, oder vielleicht hat sie etwas gemerkt... Oder es gab einen alberneren und einfacheren Grund: Sie war naiver-

70

weise zu dem Schluß gelangt, daß er in einem anderen Zimmer zu Bett gegangen war, es war ihr nicht einmal in den Sinn gekommen, daß sie mit einem Fremden im selben Zimmer schlafen würde – doch, einem Fremden, noch. Und er klopfte, der Intensität seiner Beunruhigung und seiner Gereiztheit bisher kaum bewußt.

Er hörte ein jähes weibliches Lachen, das widerliche Aufstöhnen von Bettfedern und dann ein Schlurfen von nackten Füßen. «Wer ist da?» fragte eine ärgerliche männliche Stimme... «Falsches Zimmer, hä? Das nächste Mal suchen Sie sich bitte das richtige. Hier ist jemand schwer bei der Arbeit, hier ist jemand dabei, einem jungen Menschen Unterricht zu erteilen, und Sie unterbrechen den...» Aus dem Hintergrund erscholl aufs neue Gelächter.

Ein vulgärer Irrtum, mehr nicht. Er ging weiter den Korridor entlang – und machte sich plötzlich klar, daß er in der falschen Etage war. Er ging zurück, bog um eine Ecke, warf einen verständnislosen Blick auf einen Zähler an der Wand, eine Spüle unter einem tropfenden Hahn, auf jemandes braune Schuhe vor einer Tür, bog um noch eine Ecke – die Treppe war verschwunden! Die, welche er schließlich fand, erwies sich als eine andere: Er ging hinunter, nur um in schwach erleuchteten Lagerräumen umherzuirren, wo große Koffer herumstanden und bald ein Wandschränkchen, bald ein Staubsauger, bald ein kaputter Hocker, bald das Skelett eines Bettes mit einem Ausdruck des Verhängnisses aus den Ecken hervorlugten. Leise fluchte er vor sich hin, verlor wütend über diese Hindernisse die Beherrschung... Schließlich kam er zu einer Tür, gab ihr einen Schubs, stieß sich den Kopf an einem niedrigen Sturz und tauchte in einem trüben Winkel in der Empfangshalle empor, wo der Alte sich die Backenstoppeln kratzte und in ein schwarzes Buch spähte und der Gendarm auf einer Bank daneben schnarchte – alles genau wie auf einer Polizeiwache. Die benötigte Auskunft hatte er in einer Minute, um ein weniges verlängert von den Entschuldigungen des Alten.

Er trat ein. Er trat ein, und ehe er irgendwo hinsah, bückte er sich zuallererst verstohlen und drehte den Schlüssel zweimal um. Dann sah er den schwarzen Strumpf mit seinem Gummiband unter dem Waschständer. Dann sah er den geöffneten Koffer im Anfangsstadium der Unordnung und ein Handtuch von waffelartiger Oberfläche, das am Ohr halb herausgezogen worden war. Dann sah er auf den Sessel gehäuft das Kleid und die Unterwäsche, den Gürtel, den anderen Strumpf. Erst dann wandte er sich hin zur Insel des Bettes.

Den linken Arm hinterm Kopf, lag sie in ihrem kleinen Morgenmantel, dessen unterer Teil sich geöffnet hatte – sie hatte das Nachthemd nicht finden können –, rücklings auf der unangetasteten Decke, und im Licht des rötlichen Lampenschirms konnte er durch den Dunst und die Stickigkeit des Zimmers ihren schmalen, konkaven Bauch zwischen den unschuldigen, vorstehenden Hüftknochen ausmachen. Mit dem Gedonner von Geschützfeuer stieg ein Lastwagen aus dem Grund der Nacht empor, ein Glas klirrte auf der Marmorplatte des Nachttisches, und es war seltsam zu sehen, wie ihr verzauberter Schlaf gleichmäßig an allem vorüberfloß.

Morgen natürlich beginnen wir beim Abc, mit sorgsam bedachter Steigerung, aber im Augenblick schläfst du, hast du nichts zu melden, stör die Erwachsenen nicht, es ist meine Nacht, meine Sache. Er zog sich aus, legte sich links neben die Gefangene, die dabei kaum merklich schaukelte, erstarrte und holte vorsichtig Luft. So. Die Stunde, die er ein volles Vierteljahrhundert lang rasend herbeigesehnt hatte, nun war sie endlich gekommen, er aber war gefesselt, war sogar abgekühlt durch die Wolke seiner Seligkeit. Fein gewellt, als sähe man sie durch Kristall, zitterte, vermischt mit Offenbarungen ihrer Schönheit, die Flut und die Ebbe ihres hellfarbenen Morgenmantels noch vor seinen Augen. Er konnte den Brennpunkt des Glücks einfach nicht finden, wußte nicht, wo er ansetzen sollte, was man berühren konnte und wie, um dieser Stunde innerhalb des Reichs ihres Schlummers den größtmöglichen Genuß abzugewinnen. So. Zuallererst entfernte er mit klinischer Behutsamkeit das Glasauge der Zeit von seinem Handgelenk, langte über ihren Kopf hinweg und legte es zwischen einem glänzenden Wassertropfen und dem leeren Glas auf den Nachttisch.

So. Ein unbezahlbares Original: Schlafendes Mädchen, Öl. Ihr Gesicht in seinem weichen Nest aus hier verstreuten und dort sich häufenden Locken mit diesen kleinen Rissen auf den ausgetrockneten Lippen und dieser besondere Kniff in den Lidern über den sich kaum berührenden Wimpern war rostbraun und rosenrot gefärbt, wo die erleuchtete Wange – deren florentinische Linie selber schon ein Lächeln war – hindurchschimmerte. Schlaf, mein Schatz, hör nicht auf mich.

Schon wanderte sein Blick (der seiner selbst bewußte Blick von jemandem, der eine Hinrichtung beobachtet oder einen Punkt an der Sohle eines Abgrunds) ihre Gestalt entlang nach unten, und seine Linke war in Bewegung – doch in diesem Moment zuckte er zusammen, als hätte sich jemand am Rand seines Gesichtsfeldes im Zimmer bewegt, denn er hatte den Reflex im Schrankspiegel nicht sofort erkannt (seine Pyjamastreifen, die in den Schatten zurückwichen, ein undeutliches Glitzern auf dem lackierten Holz und etwas Schwarzes unter ihrem rosa Fußgelenk).

Endlich faßte er einen Entschluß und streichelte ihre langen, ganz leicht gespreizten, schwach klebrigen Beine, die nach unten hin kühler und etwas rauher wurden und immer wärmer nach oben hin. Mit einem wilden Gefühl von Triumph dachte er zurück an die Rollschuhe, die Sonne, die Kastanienbäume, an alles – indes er mit den Fingerspitzen weiterstreichelte und dabei zitterte und zu dem kräftigen, noch kaum mit Flaum bewachsenen Geländevorsprung hinschielte, in dem auf eigene, aber verwandte Weise Züge ihrer Lippen und Wangen konzentriert waren. Etwas weiter oben war an der Gabelung einer Ader die Mücke schwer bei der Arbeit. Eifersüchtig verjagte er sie und trug damit unabsichtlich zum Fallen einer Stoffalte bei, die schon lange im Weg gewesen war, und da waren sie, die seltsamen blinden kleinen Brüste, die wie von zwei zarten Abszessen geschwollen schienen, und jetzt wurde ein dünner, noch kindlicher Muskel bloßgelegt, und daneben erstreckte sich die milchweiße Mulde ihrer Achselhöhle mit fünf oder sechs auseinanderlaufenden, seidig dunklen Streifen, und dort unten strömte schräg auch der kleine goldene Kettenfluß (wahrscheinlich mit einem Kreuz oder einem Amulett am Ende), und dann kam von neuem Baumwolle – der Ärmel ihres steil zurückgeworfenen Arms.

Noch ein Lastwagen polterte heulend vorbei und ließ das Zimmer erzittern. Ungeschickt über sie gelehnt, hielt er in seiner Inspektion inne, preßte seinen Blick unabsichtlich in sie hinein, fühlte, wie sich der jugendliche Geruch ihrer Haut mit dem ihres rotbraunen Haars vermengte und wie ein beißendes Jucken sein Blut durchdrang. Was soll ich mit dir machen, was soll ich mit...

Das Mädchen seufzte im Schlaf auf, öffnete ihren fest geschlossenen Nabel wie ein Auge, atmete dann mit einem gurrenden Stöhnen aus, und das genügte ihr schon, um in ihre vorherige Starre zurückzugleiten. Sorgfältig zog er die zerknüllte schwarze Mütze unter ihrer Ferse hervor, und mit klopfenden Schläfen und dem hämmernden Schmerz seiner Spannung erstarrte er aufs neue. Er wagte nicht, diese eckigen Brustwarzen, diese langen Zehen mit ihren gelblichen Nägeln zu küssen. Seine Blicke kehrten von überallher zurück, um sich auf den nämlichen veloursartigen Spalt zu konzentrieren, der unter seinem prismatischen Starren irgendwie lebendig wurde. Immer noch wußte er nicht, was er unternehmen sollte, hatte er Angst, etwas zu versäumen, die märchenhafte Festigkeit ihres Schlafs nicht voll auszunutzen.

Die stickige Luft und seine Erregung wurden unerträglich. Er lockerte ein wenig das Zugband seines Pyjamas, das sich ihm in den Bauch geschnürt hatte, und eine Sehne gab ein Quieksen von sich, als seine Lippen körperlos die Stelle streiften, wo unter einer Rippe ein Muttermal zu sehen war... Doch ihm war unbehaglich und heiß, und die Stauung seines Bluts verlangte das Unmögliche. Dann begann er ganz allmählich seinen Zauber auszuüben, indem er mit seinem Zauberstab über ihrem Körper hin und her fuhr, fast die Haut berührte, sich mit ihrer Anziehung, ihrer sichtbaren Nähe, der phantastischen Konfrontation quälte, die der Schlaf dieses nackten Mädchens gestattete, das er sozusagen mit einer zauberischen Elle vermaß – bis sie eine leichte Bewegung machte und mit einem kaum hörbaren, verschlafenen Schmatzgeräusch ihrer Lippen den Kopf wegwandte. Alles erstarrte von neuem, und inmitten ihrer braunen Locken konnte er jetzt den karminroten Saum ihres Ohrs und die Fläche ihrer freigemachten Hand erkennen, die in ihrer vorhergehenden Position vergessen worden war. Weiter, weiter. Wie an der Schwelle der Gedächtnislosigkeit sah er in parenthetischen Blitzen von Bewußtheit flüchtig beiläufige, kurzlebige Erscheinungen vor sich – irgendeine Brücke über eiligen Eisenbahnwaggons, eine Luftblase in irgendeiner Fensterscheibe, den eingedellten Kotflügel eines Autos, einen anderen Gegenstand, ein Handtuch mit Waffelmuster, das er kurz vorher irgendwo gesehen hatte – und währenddessen rückte er mit gepreßtem Atem immer dichter heran, und alle seine Bewegungen koordinierend, begann er sich ihr anzuschmiegen, die Paßform zu überprüfen... Eine Bettfeder unter seiner

Seite gab ängstlich nach; mit vorsichtigem Knacken
suchte sein rechter Ellbogen eine Stütze; sein Blick war
von einer geheimen Konzentration umwölkt... Er
spürte die Flamme ihres wohlgeformten Schenkels,
spürte, daß er nicht länger an sich halten konnte, daß es
jetzt nicht mehr darauf ankam, und als die Süße zwischen seinem wolligen Büschel und ihrer Hüfte den
Siedepunkt erreichte, wie freudvoll war da sein Leben
von seinen Fesseln befreit und reduziert auf die Einfachheit des Paradieses – und kaum hatte er Zeit, noch
zu denken «Nein, ich bitte dich, nicht wegnehmen!»,
als er sah, daß sie hellwach war und mit wildem Blick
auf seine ragende Nacktheit starrte.

Einen Augenblick, den Hiatus einer Synkope lang
sah er auch, wie es ihr erschien: irgendeine Monstrosi-
tät, eine gräßliche Krankheit – oder vielleicht wußte sie
auch schon Bescheid, oder es war all das zusammen. Sie
starrte und schrie, aber noch hörte der Zauberer ihre
Schreie nicht; betäubt von seinem eigenen Schrecken,
kniete er, zog an dem Stoff, zerrte am Zugband, versuchte es aufzuhalten, es zu verstecken, krümmte sich
unter seinem kaschierten Spasmus, der so sinnlos war
wie ein Hämmern anstelle von Musik, stieß sinnlos ge-
schmolzenes Wachs aus; zu spät, es aufzuhalten oder zu
verbergen. Wie sie vom Bett rollte, wie sie jetzt
kreischte, wie die Lampe mit ihrer roten Haube davon-
hüpfte, was für ein Donnern von draußen hereindrang,
die Nacht erschütterte, zerstörte, alles, alles zunichte
machte... «Sei still, es ist nichts Schlimmes, es ist nur
eine Art Spiel, es passiert manchmal, sei doch nur still»,
flehte er, ein schwitzender Mann in mittleren Jahren,

der sich mit einem Regenmantel bedeckte, auf den zufällig sein Blick gefallen war, ihn bibbernd überzog, das Ärmelloch nicht fand. Wie ein Kind in einem Leinwanddrama hielt sie sich schützend den spitzen kleinen Ellbogen vors Gesicht, riß sich aus seinem Griff los, brüllte immer noch sinnlos, und jemand hämmerte an die Wand und verlangte unvorstellbare Ruhe. Sie versuchte aus dem Zimmer zu laufen, bekam die verschlossene Tür nicht auf, er konnte nichts und niemanden festhalten, sie wurde leichter, wurde schlüpfrig wie ein Findelkind mit purpurrotem Po und verzerrtem Babygesicht, das sich hastig von der Türschwelle zur Krippe zurückzog und von der Krippe rückwärts in den Schoß einer ungestüm wieder zum Leben erweckten Mutter kroch. «Ich bringe dich schon zum Schweigen!» rief er (zu einem Spasmus, zu dem punktförmigen letzten Tropfen, zum Nichts). «Schon gut, ich gehe, ich bringe dich...» Er überwältigte die Tür, stürzte hinaus, verschloß sie mit betäubendem Krach hinter sich, und immer noch horchend und den Schlüssel fest in der Hand, barfuß und mit einem kalten Schmierfleck unter dem Regenmantel blieb er stehen, wo er war, und dort versank er allmählich.

Doch aus einem nahe gelegenen Zimmer waren schon zwei alte Frauen im Morgenmantel herbeigekommen; eine von ihnen – untersetzt, einer weißhaarigen Negerin ähnlich, angetan mit blauen Pyjamahosen, redete sie in dem atemlosen Stakkatotonfall eines fernen Kontinents, der an Tierschutzvereine und Frauenclubs erinnerte – erteilte Befehle («*etuanz*», «*etudwer*», «*etwastun*», «*etudsuiht*»), krallte seine Hand auf und schlug behende den Schlüssel zu Boden. Einige elastische Sekunden lang maßen er und sie sich im Hüftenschieben, aber es war jedenfalls alles zu Ende; aus allen Richtungen tauchten Köpfe auf, irgendwo schepperte eine Glocke, hinter einer Tür beendete offenbar eine melodiöse Stimme ein Märchen (Herr Weißzahn im Krankenbett, die Brüder, die ihre kleinen roten Reitkappen präsentieren), die Alte eroberte den Schlüssel, er versetzte ihr einen raschen Klaps auf die Wange, und mit Schmerzen am ganzen Körper rannte er die haftende Treppe hinab. Ihm entgegen stieg ein dunkelhaariger Mann mit Spitzbart, der nur mit Unterhose bekleidet war; hinter ihm drein kam eine winzige Dirne gewackelt. Er stürzte an ihnen vorbei. Weiter unten kam ein Gespenst in braunen Lederschuhen, noch weiter unten kletterte o-beinig der Alte, im Gefolge den begierigen Gendarmen. An ihnen vorbei. Eine Vielzahl synchronisierter Arme hinter sich lassend, die sich mit reißerischer Einladungsgebärde über das Geländer streckten, wirbelte er auf die Straße, denn es war alles zu Ende, und es war unbedingt erforderlich, diese nicht weiter benötigte, bereits durchgesehene idiotische Welt mit gleich welcher List, gleich welchem Krampf loszuwerden, auf deren letzter Seite eine einsame Straßenlaterne mit einer ausgesparten Katze an ihrem Fuß stand. Schon deutete er sich sein Gefühl der Barfüßigkeit als ein Eintauchen in ein anderes Element, und so eilte er den aschebestreuten Gehsteig entlang, verfolgt von den hämmernden Schritten seines bereits hinter sich gelassenen Herzens. Sein verzweifeltes Verlangen nach einem reißenden Strom, einer Schlucht, einem Eisenbahngleis – egal was, aber sofort – brachte ihn dazu, sich ein allerletztes Mal an die Topographie seiner Vergangenheit zu wenden. Und als vor ihm von jenseits des Höckers der Seitenstraße her ächzendes Geheul erscholl, als es nach dem Überwinden der Steigung zu voller Stärke anwuchs, die Nacht aufblähte, mit zwei Ovalen gelblichen Lichts schon die Gefällestrecke erhellte, bereit, abwärts zu rasen – da, als wäre es ein Tanz, als hätte ihn die Welle dieses Tanzes in die Mitte der Bühne geführt, unter dieser anwachsenden, grinsenden, megadonnernden Masse, seinem Partner bei einem krachenden Krakowiak, dieses donnernde Eisentrumm, dieses Momentkino der Zerfleischung – recht so, zerr mich unter dich, reiß an meiner Schwachheit – ich reise ausgewalzt auf meinem aufgeklatschten Gesicht – he, du drehst mich, reiß mich nicht in Stücke – du zerfetzt mich, ich habe genug... Zickzackgymnastik von Blitzen, Spektogramm der Sekundenbruchteile eines Donnerschlags – und der Film des Lebens war gerissen.

ANHANG

Bemerkungen des Autors

I

Der erste leise Pulsschlag von *Lolita* durchlief mich Ende 1939 oder Anfang 1940[1] in Paris, zu einer Zeit, als ich mit einem schweren Anfall von Interkostalneuralgie darniederlag. Soweit ich mich erinnern kann, wurde der initiale Inspirationsschauer von einem Zeitungsartikel über einen Menschenaffen im Jardin des Plantes ausgelöst, der, nachdem ihm ein Wissenschaftler montalelang gut zugeredet hatte, die erste je von einem Tier hingekohlte Zeichnung hervorbrachte: Die Skizze zeigte die Gitterstäbe des Käfigs der armen Kreatur. Der Impuls, den ich hier festhalte, hatte keine direkte Beziehung zu dem sich daraus ergebenden Gedankengang, der indessen zu einem Prototyp meines vorliegenden Romans führte, einer Kurzgeschichte von etwa dreißig Seiten[2] Länge. Ich schrieb sie auf russisch, der Sprache, in der ich seit 1924 Romane geschrieben hatte (die besten von ihnen sind nicht ins Englische übersetzt[3], und alle sind aus politischen Gründen in Rußland verboten[4]). Der Mann war Mitteleuropäer, das anonyme

---

1) Aus dem Manuskript von *Der Zauberer* geht hervor, daß es 1939 war.
2) Vater hatte die Geschichte seit Jahren nicht gesehen und sein Gedächtnis ihre Länge um einiges verkürzt.
3) Dem wurde seither abgeholfen.
4) Das traf bis Juli 1986 zu, als dem sowjetischen Literaturestablishement endlich klar wurde, daß Sozialistischer Realismus und künstlerische Realität nicht notwendig deckungsgleich sind, und ein Organ jenes Establishments eine scharfe Kehrtwende beschrieb mit der Ankündigung, es sei «höchste Zeit, V. Nabokov unseren Lesern zurückzugeben».

Nymphchen Französin, und die Orte der Handlung waren Paris und die Provence. Ich ließ ihn die kranke Mutter des kleinen Mädchens heiraten, die bald darauf starb, und nach einem mißglückten Versuch, die Waise in einem Hotelzimmer zu mißbrauchen, warf sich Arthur (das war sein Name) unter die Räder eines Lastwagens. In einer mit blauem Papier verdunkelten[5] Kriegsnacht las ich die Geschichte einer Gruppe von Freunden vor – Mark Aldanow, zwei Sozialrevolutionären[6] und einer Ärztin[7]; aber die Sache gefiel mir nicht, und einige Zeit nach meiner Übersiedlung nach Amerika im Jahre 1940 vernichtete ich sie.

Ungefähr 1949 begann mich in Ithaca im Norden des Staates New York das Pulsen, das nie ganz aufgehört hatte, von neuem zu plagen. Mit frischer Kraft gesellte sich Kombination zur Inspiration und verwickelte mich in eine abermalige Behandlung des Themas, dieses Mal auf englisch – der Sprache meiner ersten Gouvernante in St. Petersburg im Jahre 1903, einer Miss Rachel Home. Das Nymphchen hatte zwar einen Spritzer irischen Bluts bekommen, war aber noch immer so ziemlich das gleiche Mädchen, und die Grundidee, den Mann ihre Mutter heiraten zu lassen, blieb ebenfalls erhalten; doch im übrigen war die Sache neu, und heimlich waren ihr die Krallen und Schwingen eines Romans gewachsen.

Vladimir Nabokov
1956[8]

5) Als Luftschutzmaßnahme.
6) Wladimir Sensinow und Ilja Fondaminskij.
7) Madame Kogan-Bernstein.
8) Auszug aus «Aus einem Buch mit dem Titel *Lolita*», ursprünglich auf französisch in *L'Affaire Lolita*, Olympia Press, Paris 1957, und später als Anhang des Romans veröffentlicht.

II

Wie ich in meinem der *Lolita* angehängten Essay erklärt habe, hatte ich im Herbst 1939 eine Art prä-*Lolita*-Novelle geschrieben. Ich war sicher, sie vor langer Zeit vernichtet zu haben, doch als Véra und ich einiges zusätzliche Material zusammensuchten, das der Kongreßbibliothek zur Verfügung gestellt werden könnte, tauchte heute eine Kopie der Geschichte auf. Mein erster Impuls war, sie (samt einem Stapel Karteikarten mit unbenutztem *Lolita*-Material) der L. of C. in Verwahrung zu geben, doch dann kam mir eine andere Idee.

Es handelt sich um eine fünfundfünfzig Schreibmaschinenseiten lange Geschichte in russischer Sprache, betitelt *Wolschebnik* («Der Zauberer»). Jetzt, da meine kreative Verbindung zu *Lolita* abgebrochen ist, war mein Vergnügen beim Wiederlesen von *Wolschebnik* sehr viel größer als während der Arbeit an *Lolita*, da ich sie als ein Stück toten Abfalls in Erinnerung hatte. Es ist ein schönes Stück russischer Prosa, präzis und luzid, und mit ein wenig Behutsamkeit könnte es von den Nabokovs anglisiert werden.

Vladimir Nabokov
1959[9]

---

9) Auszug aus einem Brief vom 6. Februar 1959, in dem Nabokov den *Zauberer* Walter Minton anbot, dem damaligen Leiter des Verlags G. P. Putnam's Sons. Mintons Antwort drückte großes Interesse aus, doch offenbar wurde das Manuskript niemals abgeschickt. Vater war damals mit *Eugen Onegin*, *Ada*, dem *Lolita*-Drehbuch und der Durchsicht meiner Übersetzung von *Einladung zur Enthauptung* beschäftigt. Wahrscheinlich war er zu dem Schluß gekommen, daß ihm keine Zeit für ein weiteres Projekt blieb.

Anmerkung des Übersetzers

Zur Veröffentlichung aus der Hand gegeben hat Vladimir Nabokov immer nur fertige Sachen. Die beiden Bücher, die er bei seinem Tod 1977 unfertig hinterließ, den Roman *Original of Laura* und den zweiten Teil seiner Erinnerungen, *Speak, America*, befinden sich zusammen mit seinen privaten Papieren in der Library of Congress in Washington und werden nach seinem Willen erst fünfzig Jahre nach dem Tod seiner Frau Véra und seines Sohns Dmitri zugänglich gemacht werden. Ein Brief aus dem Jahre 1959 belegt, daß er den *Zauberer* für fertig hielt und mit seiner Veröffentlichung – die sich über anderen Arbeiten zerschlug – einverstanden gewesen wäre; darum konnte er nunmehr postum erscheinen. Das russische Original ist bisher unveröffentlicht. Die deutsche Übersetzung folgt der englischen Fassung von Dmitri Nabokov, die 1986 unter dem Titel *The Enchanter* (eher «Der Bezauberer» als «Der Zauberkünstler») im Verlag G. P. Putnam's Sons, New York – dem Verlag der *Lolita* – als Buch erschien. Zu dem Nachwort des Übersetzers merkt dessen Autor an: «Um gewisse konzentrierte Bilder zu erhellen (von denen einige anfangs auch mich ratlos ließen) und den neugierigen Leser mit ein paar informativen Streiflichtern zu bedienen, habe ich einen kurzen Kommentar verfaßt. Und um den Leser bei der Geschichte selber nicht zu unterbrechen, habe ich den Kommentar ans Ende gestellt und im Text mit einer Ausnahme ablenkende Fußnoten vermieden.»

Über ein Buch mit dem Titel
Der Zauberer

von Dmitri Nabokov

Der Titel der folgenden kurzen Anmerkungen, die den Leser vielleicht interessieren und ihm einige Fragen beantworten werden, wurde mit dem halb ernsten Gedanken gewählt, daß ein kleines Echo auf Vaters Nachwort zu *Lolita* seinen Schatten erheitern könnte, wo immer er auch sei.

Bei der Übersetzung wie der Kommentierung habe ich alles darangesetzt, mich an die Nabokovschen Regeln zu halten: Genauigkeit, Werktreue, keine Auspolsterungen, keine Zuschreibungen. Jede Konjektur über das hinaus, was ich versucht habe, würde jene Regeln verletzen.

Die Übersetzung selber spiegelt meine Absicht, VN sowohl im allgemeinen wie im spezifischen, textualen Sinn treu zu sein. Viele Jahre, die ich für und mit Vater übersetzend verbracht habe, haben mir diese seine kategorischen Forderungen eingeimpft. Die einzigen Fälle, in denen er Abweichungen für zulässig hielt, waren unübersetzbare Wendungen und Textrevisionen, die der Autor selber bei der Übersetzung vornimmt. Es ist möglich, daß VN, wenn er noch lebte, von seiner auktorialen Lizenz, gewisse Einzelheiten des *Zauberers* zu ändern, Gebrauch gemacht hätte; ich glaube jedoch, daß er sich entschlossen hätte, dieses Muster an Prägnanz und vielschichtiger Bedeutung intakt zu lassen. Die seltenen Fälle, in denen ich mir die Freiheit herausgenommen habe, geringfügige Anpassungen vorzunehmen, sind genau jene, wo die Technik – wie in den teleskopartig zusammengeschobenen Rotkäppchen-Wortspielen (Seite 159, Zeile 29–30; Seite 91, Zeile 3–4) oder den Hochgeschwindigkeitsbildern des Finales – eine wortwörtliche Wiedergabe sinnlos gemacht hätte. An anderen Stellen mag mein Sprachgebrauch einfach ein wenig unorthodox wirken. In solchen Fällen ist der russische es ebenfalls.

Andere mögliche englische Übersetzungen des russischen Worts *wolschebnik* sind «magician» oder «conjurer» (Zauberkünstler), doch ich habe Nabokovs ausdrückliche Absicht respektiert, es in diesem Fall mit «enchanter» wiederzugeben. *Wolschebnik* wurde im Oktober und November 1939 geschrieben. Signiert war die Erzählung «W. Sirin», ein Pseudonym, das VN von seiner frühen Jugend an für seine russischen Arbeiten benutzte, damit sie nicht mit denen seines Vaters verwechselt würden, dessen Vorname derselbe war. Im Russischen ist *sirin* sowohl eine Eulenart als auch ein alter Fabelvogel, steht aber entgegen manchen Vermutungen höchstwahrscheinlich in keiner Beziehung zu dem Wort «Sirene».

Das Original wurde Vaters erster Leserin, Véra Nabokov, diktiert und von ihr getippt. Nabokovs Korrespondenz zufolge legte er es kurz darauf vier anderen Leuten – literarischen Freunden – vor (siehe «Bemerkungen des Autors I»).

Irgendwann wurde offenbar auch dem Emigrantenkritiker Wladimir Weidle in Paris ein Typoskript gezeigt. Es kann nicht später als Mai 1940 gewesen sein, als wir uns nach Amerika einschifften. Andrew Field, der anscheinend einen nahezu vierzig Jahre später von einem sehr alten Weidle nicht lange vor seinem Tod verfaßten Artikel gelesen hat, behauptet[10], das Weidle gezeigte Stück habe sich in mehrfacher Hinsicht von dem *Zauberer* unterschieden (von dem Field eine bestenfalls skizzenhafte Vorstellung hat, da er lediglich zwei Seiten und die beiden Anspielungen – oder zumindest eine von ihnen – zu Gesicht bekommen hatte, die in diesem Band der Erzählung nachgestellt sind).

Angeblich soll jene Fassung «Der Satyr» geheißen haben, das Mädchen «nicht über zehn» gewesen sein und die

---

10) In seinem Buch *VN: The Art and Life of Vladimir Nabokov*, Crown, New York 1986. Eine seltsame Mixtur aus Groll, Verehrung, Unterstellungen und eindeutigen Sachfehlern, von dem ich ein Umbruchexemplar zu lesen Gelegenheit hatte.

Schlußszene nicht an der französischen Riviera, sondern «in einem entlegenen kleinen Schweizer Hotel» gespielt haben. Field legt der Hauptfigur auch den Namen Arthur bei. Es ist unklar, ob er auch das von Weidle hat oder es einfach aus Vaters Erinnerungen in seinem Nachwort zu *Lolita* übernahm. Ich bin der Ansicht, daß Nabokov für sich seine Hauptfigur «Arthur» nannte und diesen Namen in einem Rohentwurf vielleicht sogar verwendet hat. Es ist indessen höchst unwahrscheinlich, daß der Name in einem «schon mit Anweisungen an den Setzer versehenen» Manuskript auftauchte, wie Field Weidle versichern läßt.

Was die drei Unterschiede angeht, die Field anführt, so muß, wenn seine Wiedergabe von Weidles Artikel richtig sein sollte, Weidles Erinnerung an jenen fernen Moment nicht die klarste gewesen sein (Field räumt ein, daß Weidle «sich nicht entsinnen konnte, ob das Mädchen in der Geschichte einen Namen trug»). Tatsache ist, daß es eine Fassung mit dem Titel «Der Satyr» nie gegeben hat; in der Tat käme jedem, der ein Ohr für Nabokovs Sprachgebrauch hat, ein solcher Titel höchst unplausibel vor. Und Weidles anderen Behauptungen würde ich den gleichen Grad an Glaubwürdigkeit beimessen.

Ich war fünf, als *Der Zauberer* geschrieben wurde, und in unserer Wohnung in Paris wie unseren Pensionen an der Riviera höchstens ein Störfaktor. Ich erinnere mich, wie Vater zwischen großzügig bemessenen Spielperioden mit mir sich zuweilen in das Badezimmer unserer kargen Unterkunft zurückzog, um in Ruhe zu arbeiten, wenn auch nicht, wie John Shade es zu Rasierzwecken in *Pale Fire* tut, auf einem quer über die Wanne gelegten Brett. Während mir schon bewußt war, daß mein Vater ein «Schriftsteller» war, hatte ich keine Ahnung, welche Schriften da erstellt wurden, und meine Eltern unternahmen gewiß keinen Versuch, mich mit der Geschichte von *Wolschebnik* bekannt zu machen (ich glaube, daß Vaters einziges Werk, das ich damals kannte, seine russische Übersetzung von *Alice im Wunderland* war und dazu die kleinen Märchen und Histörchen, die er für mich improvisierte). Als Vater *Wolschebnik* schrieb, war ich möglicherweise auch schon zu einer Cousine meiner Mutter nach Deauville geschafft worden, denn es stand zu befürchten, daß das Gegrummel von Hitlers Bomben Paris erreichen würde. (Das trat auch ein, aber erst nach unserer Abreise nach Amerika, und ich meine, daß eine der wenigen Bomben, die auf Paris fielen, tatsächlich unser Haus traf, während wir an Bord der *Champlain* den Atlantik überquerten. Auch das Schiff sollte zerstört werden, nachdem es uns sicher abgesetzt und nur die gelegentliche Fontäne eines Wals ein paar schießwütige Kanoniere auf den Plan gerufen hatte; bei seiner nächsten Überfahrt, für die wir ursprünglich gebucht waren, wurde es mit Mann und Maus von einem deutschen U-Boot versenkt.)

Zur Entstehung der Idee in VNs Kopf können meine Mutter und ich über das hinaus, was bereits bekannt ist oder es nunmehr wird, nicht viel rekonstruieren; wir können den Leser nur vor einigen der törichten Hypothesen warnen, die besonders in letzter Zeit vorgebracht worden sind. Was die Verbindung mit *Lolita* anlangt, so hatte das Thema (wie Nabokov in «Über ein Buch mit dem Titel *Lolita*» andeutet) wahrscheinlich geschlummert, bis der neue Roman zu keimen begann, etwa wie in dem Fall des abgebrochenen *Solus Rex* und des späteren, sehr verschiedenen, aber dennoch verwandten *Fahlen Feuers*.

Aus Nabokovs ursprünglich 1956 geschriebenem Nachwort zu *Lolita* geht hervor, daß er damals des Glaubens war, sämtliche einst vorhandenen Kopien des *Wolschebnik*-Typoskripts seien vernichtet worden, und seine Erinnerung an die Novelle war etwas undeutlich, teils weil sie weit zurücklag, vor allem aber, weil er sie als ein Stück von *Lolita* überlagerten «toten Abfalls» verworfen hatte. Der überlebende Text kam wahrscheinlich wieder zum Vorschein, kurz bevor er ihn mit neubelebtem Enthusiasmus dem Verlag G. P. Putnam's Sons anbot (siehe «Bemerkungen des Autors II»).

Ich selber wurde erst recht spät und in ziemlich vager Art auf die Existenz des Werks aufmerksam und hatte erst in den frühen Achtzigern Gelegenheit, es zu lesen, als unsere umfänglichen Archive endlich von Brian Boyd organisiert wurden (dem Autor einer angemessenen literarischen Biographie VNs, die 1988 erscheinen soll). Damals erst tauchte *Wolscheb-nik* wieder auf, den Vater zwar in den sechziger Jahren aufs neue zu Gesicht bekommen hatte, der aber in dem Durchein-ander der aus Ithaca in einen Schweizer Speicher spedierten Besitztümer dann abermals untergegangen war.

Eine mehr oder weniger endgültige Fassung der Überset-zung stellte ich im September 1985 fertig.

Für den ersten Anstoß, mich an die nicht leichte Arbeit zu machen, muß ich Matthew Bruccoli herzlich danken, dem eine sehr limitierte Ausgabe des Werks vorgeschwebt hatte, wie Nabokov sie ursprünglich Walter Minton, dem damaligen Leiter von Putnam, vorschlug.

Daß *Der Zauberer* sein öffentliches Debüt gerade in diesem Au-genblick gibt, ist zufälligerweise nicht ohne erheiternden und instruktiven Hintersinn. 1985 begann in Paris eine energische Ein-Mann-Kampagne, Vladimir Nabokov ein pseudonymes, sehr unnabokovsches Buch aus der Mitte der dreißiger Jahre mit dem Titel *Roman mit Kokain* zuzuschreiben.

Der Zauberer, der in die sehr begrenzte Domäne wiederent-deckter Nabokoviana fällt, ist ein höchst bezeichnendes Bei-spiel für die auffallend originelle Prosa, die Nabokov-Sirin in seinen reifsten – und letzten – Jahren als Romancier in seiner Muttersprache hervorbrachte. (Nicht lange, bevor er 1939 den *Zauberer* schrieb, hatte er sein erstes größeres Werk auf englisch beendet, *Das wahre Leben des Sebastian Knight*, und 1940 sollte das Jahr unserer Transplantation in die Vereinig-ten Staaten werden.)

Jedem, der hinsichtlich der Autorschaft an jenem anderen Buch immer noch Zweifel hegt, sollte ein rascher Vergleich seiner Substanz und seines Stils mit denen des *Zauberers* genü-gen, diese moribunde Ente mit einer finalen Schrotladung zu erledigen.

Eine kurze Darstellung der bizarren Affaire mag trotzdem angebracht sein. Anfang 1985 behauptete im Pariser *Boten der russischen christlichen Bewegung* Professor Nikita Struve von der

Sorbonne mit großer Überzeugtheit, der in den frühen dreißiger Jahren in Istanbul geschriebene und bald darauf in der Pariser Emigrantenzeitschrift *Tschissla* (Zahlen) gedruckte *Roman mit Kokain* von einem «M. Agejew» sei in Wahrheit das Werk von Vladimir Nabokov.

Zur Stützung seiner Hypothese führte Struve Sätze aus dem *Roman mit Kokain* an, die seiner Meinung nach «typisch für Nabokov» seien. Struves Behauptungen wurden in einem Brief an das (Londoner) *Times Literary Supplement* vom 9. August 1985 aufgegriffen, in dem Julian Graffy von der Universität London auf Struves «detaillierte Analyse der sekundären Themen, strukturellen Kunstgriffe, semantischen Felder [was immer diese sein mögen] und Metaphern des *R mit K*» verwies, «die sich aufgrund wiederholten Zitierens und Vergleichens allesamt... als reinster Nabokov herausstellten».

Struves Theorie fand auch noch in mehreren anderen europäischen und amerikanischen Publikationen ein Echo».

Gegen sie sprechen zahlreiche Mängel im Stil von Agejew – zum Beispiel offenkundig unrichtige Formen wie *«satschichnul»* (für «nieste») oder *«ispol sowywatj»* (für «gebrauchen»), die jedem des Russischen Kundigen ins Auge springen. Es ist erstaunlich, daß ein Fachmann der Sorbonne für russische Sprache und Literatur wie Struve oder ein Professor der Slawistik an der Universität London wie Graffy die oft vulgären oder unrichtigen Redewendungen des mangelhaft gebildeten Agejew mit Nabokovs genauem und subtilem Stil verwechseln konnte. Wie Dmitri Sawitzky in *Russisches Denken* (Paris, 8. November 1985) in einem Artikel bemerkt, der Struves Theorie widerlegt, ist Nabokovs Russisch der untadelige Rhythmus klassischer Poesie eigen, während das von Agejew «gekünstelt, holperig, ungleichmäßig» ist. Schon ein Blick auf Agejews Stil also macht es überflüssig, sich kritisch mit Struves übrigen Argumenten zu befassen.

In seinem Buch von 1986 erwägt Field die These, bei dem *Roman mit Kokain* könnte es sich um eine absichtliche Mystifikation seitens Nabokovs oder eines anderen Literaten gehandelt haben. Zum Schluß behauptet er nichtsdestoweniger, es könne «mit absoluter Gewißheit gesagt werden… daß es *irgendeine* Verbindung zwischen Agejews Werk und Sirin gibt» – weil nämlich der Name von Agejews Figur Sinat[11] und der von Nabokovs Cincinnatus in *Einladung zur Enthauptung* teilweise klanggleich seien.

Die Verbindung Sinat-Cincinnatus gehört zur gleichen Kategorie von Gelehrsamkeit wie etwa auch Fields geschwollene und effekthascherische Bemerkungen über eine außereheliche Affaire VNs, die komplett blödsinnige Theorie, VN sei insgeheim ein schwerer Trinker gewesen, die unsinnigen Vermutungen über Vaters Tod oder das Argument, Nabokov habe seine Mutter brieflich mit «Lolita» angeredet (worauf Field ein typisches Haus aus gezinkten Karten baut). In letzterem Fall geht sein Gedankengang so: Mit der typischen Reserviertheit eines Gentleman habe Vater es vorgezogen, in den Kopien der Briefe, die er Field lesen ließ, ehe dieser sein wahres Gesicht zeigte, den üblicherweise verwendeten Kosenamen seiner Mutter wegzulassen, die Jelena (Helene) hieß. Nachdem Field vermutlich so manches Vergrößerungsglas verschlissen hatte, erspähte er am Rand der leeren Fläche, wo die Anrede gelöscht worden war, den «Schwanz oder Hut» eines kyrillischen *t*. (Nebenbei bemerkt ähnelt das kleine kyrillische *t* im großen und ganzen einem kleinen lateinischen *m* und ist darum schwanz- und hutlos.) Aus diesem Grund, und weil das fehlende Wort «etwa sieben Buchstaben lang» war, und auch weil Vater ihm gesagt hatte, daß «Ljolja» ein völlig normaler russischer Diminutiv für Jelena sei, und Gott weiß aus welchen Gründen noch folgert Field (nicht ohne eine Spur persönlicher Entrüstung), es habe «gewißlich Lolita» gelautet, und behandelt diese Absurdität dann in der Folge seines Buchs bezeichnenderweise wie eine erwiesene Tatsache.

Nicht nur hat «Lolita» lediglich sechs Buchstaben; nicht

---

11) In seiner Geschichte *Das morsche Volk*, ursprünglich unter dem anstößigen Titel *Shid* («Der Jidde») veröffentlicht, den Nabokov nebenbei bemerkt nie im Leben benutzt hätte.

nur wäre die romanische Ableitung innerhalb der russischen Etymologie undenkbar gewesen, wo Entlehnungen aus dem Spanischen nicht die gleiche Gunst genossen wie französische oder englische; sondern das aus einem Wunsch nach Privatheit und aus Respekt für eine geliebte Mutter gelöschte Wort war das russische «radostj» («Freude», «Liebe»). Es war Nabokovs übliche Anrede für seine Mutter, und natürlich haben wir die Originalbriefe, es zu beweisen. Und «Lolita Haze» hieß in Vaters Entwürfen des Romans fast bis zum Schluß «Juanita Dark». Soviel zu «gewißlich Lolita».

Doch lassen wir Field in seinen Trümmern und statten wir kurz noch einmal einer anderen Ecke des Schrotthaufens einen Besuch ab, um die Angelegenheit Agejew zu Grabe zu tragen, deren Relevanz hier in der dramatischen Unähnlichkeit zwischen dem Werk jenes Autors und dem *Zauberer* besteht.

Nachforschungen durch Frank Williams, der im *Times Literary Supplement* vom 5. Juli 1985 die englische Fassung von Agejews Buch rezensierte, durch den französischen Literaturjournalisten Alain Garric, der eigens eine Reise nach Istanbul unternahm, als er für *Libération* einen ausführlichen Artikel über den Gegenstand vorbereitete, und durch andere haben folgenden Ablauf bestätigt.

Nachdem der *Roman mit Kokain* in *Tschissla* erschienen war und in Emigrantenkreisen eine gewisse Neugier erregt hatte, wurde in Paris eine Russin namens Lydia Tscherwinskaja beauftragt, «Agejew» ausfindig zu machen, und zwar mit Hilfe ihrer Eltern, die zufällig in Istanbul lebten, wo das Manuskript aufgegeben worden war. Tscherwinskaja fand ihn dort als Insassen einer Nervenklinik, in der er wegen eines Tremors und Krampfleidens leben mußte. Nachdem ihn der Vater der Dame dort herausgeholt hatte, wurde Agejew ein Freund der Familie und knüpfte eine Beziehung zu Tscherwinskaja an, der er auch seinen richtigen Namen – Mark Levi – und seine verwickelte und bunte Lebensgeschichte verriet, zu der die Tötung eines russischen Offiziers, die Flucht in die Türkei und Rauschgiftsucht gehört hatten.

Levi-Agejew ging mit Tscherwinskaja nach Paris, kehrte aber nach einer Weile nach Istanbul zurück, wo er 1936 vermutlich an den Folgen von Kokainmißbrauch starb.

W. S. Janowskij, der für *Tschissla* arbeitete, als das Manuskript in Paris eintraf, und der heute in einem New Yorker Vorort lebt, bestätigte in einem in der *New York Times* (am 8. Oktober 1985) veröffentlichten Interview, daß das eingesandte russische Manuskript den unverkennbar jüdischen Namen «Levi» trug und daß irgendwann in der Folge beschlossen wurde, ihn gegen einen «russischer klingenden Namen» auszuwechseln. Schließlich brachten von Williams zitierte Nachforschungen durch den Übersetzer der 1982 erschienenen französischen Ausgabe des Romans ans Licht, daß «ein Mark Abramowitsch Levi im Februar 1936 auf dem jüdischen Friedhof von Istanbul begraben wurde».

Während kein literarischer Abenteurer einen Fuß auf den Boden bekäme, wollte er die Autorschaft am *Zauberer* in Frage stellen, scheint Professor Struve zur Fortsetzung seiner unbedarften und versponnenen Kampagne entschlossen, das Werk von Agejew VN zuzuschreiben, der, abgesehen von einem kurzen Beitrag über einen ganz anderen Gegenstand in der ersten Nummer, nichts in der Zeitschrift *Tschissla* veröffentlichte, die ihn kurz darauf rüde angegriffen hatte; der niemals in Moskau war, wo der mit einer Menge Lokalkolorit versehene Roman spielt; der niemals Kokain oder andere Drogen nahm; und der im Gegensatz zu Agejew ein reines, korrektes Petersburger Russisch schrieb. Hätte es irgendeine Verbindung zwischen Nabokov und dem *Roman mit Kokain* gegeben, so hätte überdies der eine oder andere seiner literarischen Bekannten Bescheid gewußt, und wenn nicht, dann wäre gewiß zumindest seine Frau, erste Leserin und Typistin Véra Nabokov eingeweiht gewesen.

Die Stuckbrüstung der Terrasse in Florida, wo ich in diesem Augenblick schreibe – die Art, bei der weiße Farbe eine absichtlich unebene Fläche bedeckt – ist voller Zufallsmuster. Es brauchte nur einen Bleistiftstrich hier oder dort, um ein her-

vorragendes Nilpferd, ein strenges flämisches Profil, ein groß-
busiges Revuegirl oder jede Menge freundlicher oder beunru-
higender kleiner Freistilmonster zu vollenden.

Das ist es, worauf Nabokov sich angesichts eines verzierten
Lampenschirms beispielsweise oder einer iterativ geblümten
Tapete so gut verstand; nicht umsonst hatte er in seiner
Jugend ernsthaft in Erwägung gezogen, Maler zu werden. Ko-
mische Gesichter, nichtexistente, aber plausible Schmetter-
linge und groteske kleine Wesen eigener Erfindung bevölkerten nach und nach so manche gastfreundliche Zeichnung der
Zimmer im Montreux-Palace Hotel, wo er wohnte und arbei-
tee, und einige haben glücklich bis heute überlebt, konserviert
entweder aufgrund unserer ausdrücklichen Anweisungen
oder aufgrund der begrenzten Beobachtungsgabe der Reini-
gungsmannschaften, die jeden Nachmittag wie eine Verteidi-
gungslinie im amerikanischen Football durch jene Gemächer
stürmen. Einige besonders gute sind leider längst von den Ka-
cheln neben der Badewanne geputzt, die Vater – anscheinend
zu Fields Verblüffung – Tag ein Tag aus benutzte.

Eine solche Überhöhung und Rekombination von Zufalls-
mustern bildet in einem weiteren Sinn einen wesentlichen
Teil von Nabokovs schöpferischer Synthese. Der zufälligen
Beobachtung, der überlieferten oder vorgestellten psychi-
schen Anomalie wurde ein ganz eigenes harmonisches Wachs-
tum zuteil, wenn das kindliche Werk allmählich von dem Bild,
der Zeitungsnachricht oder der Phantasie entwöhnt wurde,
die seine Zellen zum Vorgang der Vermehrung angestiftet
hatte.

Wie gewisse andere Werke von Nabokov, ist *Der Zauberer*
die Studie eines Wahns, gesehen durch die Augen des Wahnsinnigen. Aberrationen ganz allgemein, physische wie psychi-
sche, gehörten zu den verschiedenerlei Rohmaterialien, von
denen sich Nabokovs künstlerische Einbildungskraft nährte.
Die kriminelle Pädophilie des Protagonisten – wie die des
späteren Humbert in einem neuen Werk und einer anderen
Umwelt – war eines von vielen Themen, die Nabokov für den
schöpferischen Prozeß fiktionaler Rekombination wählte; an-

dere waren etwa Hermanns mörderischer Wahn in *Verzweiflung*; die Geisteskrankheit des Schachmeisters Lushin[12] und des Musikers Bachmann[13]; die Entstellung des *Kartoffelelfs*[14] und der siamesischen Zwillinge in *Das Doppelungeheuer*[15].

«Worauf es ankommt, sind vielleicht überhaupt nicht Schmerz oder Freude des Menschen, sondern wie Schatten und Licht auf einem lebenden Körper spielen oder Bagatellen sich... auf einzigartige und unnachahmliche Art harmonisch versammeln.» So schreibt Nabokov im Schlußsatz seiner Geschichte *Die Schlägerei* aus dem Jahre 1925.[16] Dieser frühen, direkten, aber undogmatischen Formulierung dessen, was ein dauerhafter Aspekt seines ästhetischen Ansatzes bleiben sollte, wird es, wie ich vermute, beschieden sein, oft zitiert zu werden, und nicht immer im Zusammenhang.

Das Adverb «vielleicht» ist ein wichtiges Element dieses Gedankens. Nabokov war kein Journalist, Gesellschaftskommentator oder Psychoanalytiker und nahm sich die Freiheit, die Phänomene seiner Umwelt durch die brechende Linse seiner Kunst zu betrachten; indessen ist der Kodex für die literarische Schöpfung nicht weniger präzis als die wissenschaftliche Reinheit seiner lepidopterologischen Arbeiten. Doch selbst wenn er die «kombinatorischen Wonnen» betonte, denen sich hinzugeben der Künstler das Privileg hat, so bedeutet das doch keineswegs, daß er den Schrecken der Tyrannei, des Mords oder auch des Kindesmißbrauchs gleichgültig gegen-

12) In dem Roman *Lushins Verteidigung* (1930), übersetzt von Dietmar Schulte, Rowohlt, Reinbek 1961.
13) In der Kurzgeschichte *Bachmann* (1924), enthalten in *Erzählungen 1. 1921–1934*, Rowohlt, Reinbek 1989.
14) In der Kurzgeschichte *Der Kartoffelelf* (1924), enthalten in *Erzählungen 1. 1921–1934*, Rowohlt, Reinbek 1989.
15) In der Kurzgeschichte *Szenen aus dem Leben eines Doppelungeheuers* (1950), enthalten in *Erzählungen 2. 1935–1951*, Rowohlt, Reinbek 1989.
16) Erschienen am 18. Februar 1985 in *The New Yorker*, übersetzt von Dmitri Nabokov.

über gestanden hätte; und dem Elend jener ebenfalls nicht, die vom Schicksal in irgendeiner Weise betrogen wurden.

Man muß Vater nicht persönlich gekannt haben, um das zu verstehen; es genügt, seine Bücher mit einiger Sorgfalt gelesen zu haben. Für den Dichter Nabokov war das Vehikel der Wahl das konkrete künstlerische Erlebnis und nicht die abstrakte Deklaration. Wenn man indessen auf der Suche ist nach zitierbaren Stücken seines Credos, so gestattet der sokratische Miniaturdialog seiner Kurzgeschichte *Der Mitreisende*[17] noch einen weiteren Einblick in das Wesen seines Ethos. «Ja, das Leben ist begabter als wir», sagt die erste Figur, der Schriftsteller. «Wie sollen wir mit dieser Göttin konkurrieren? Ihre Werke sind nicht zu übersetzen, nicht wiederzugeben.» Darum «bleibt nichts anderes übrig, als mit ihren Schöpfungen so umzugehen wie ein Filmregisseur mit einem berühmten Roman... deshalb ändert er den Roman, bis ihn kein Mensch wiedererkennt... mit dem erklärten Ziel, einen unterhaltsamen Film abzuliefern, in dem am Anfang die Tugend bestraft wird und am Ende das Laster... mit einem unerwarteten, aber alles aufs schönste lösenden Ausgang... Wir glauben, die Hervorbringungen des Lebens seien ausschweifend, zu unausgeglichen, der Genius des Lebens sei zu unreinlich. In der Absicht, unseren Lesern nicht zuviel zuzumuten, schneiden wir aus den ungestutzten Romanen des Lebens unsere sauberen Geschichten für den Gebrauch von Schulkindern heraus. Erlauben Sie, daß ich Ihnen in diesem Zusammenhang das folgende Erlebnis schildere.»

Am Ende der Geschichte erwidert sein Gesprächspartner, der weise Kritiker: «Vieles im Leben geschieht aus Zufall, vieles ist außergewöhnlich. Dem Wort ist das erhabene Recht zuteil geworden, das Zufällige zu überhöhen und aus dem Außergewöhnlichen etwas zu machen, das nicht den Anschein eines Zufallsereignisses hat.»

Doch der Schlußgedanke des Schriftstellers drückt zwei

17) Enthalten in *Erzählungen 1. 1921–1934*, Rowohlt, Reinbek 1989.

weitere zwar verschiedene, aber untrennbare Notwendigkeiten aus – künstlerische Neugier und menschliches Mitleid: «Das Elend ist, daß ich nie erfahren habe und nie erfahren werde, warum der Mitreisende weinte.»

Schon früh im *Zauberer* kommt einem der Verdacht, daß es nicht gut enden wird, daß der zynische, verächtliche Protagonist sein Teil bekommen wird, und wenn eine offensichtliche Moral verlangt ist – in eben dieser Ahnung besteht sie. Es handelt sich jedoch nicht nur teils um eine Horrorgeschichte, sondern teils auch um einen Kriminalroman: Das Schicksal treibt sein Spiel mit dem Wahnsinnigen, erstickt seine Hoffnungen erst, ermutigt sie dann wieder, und dann wieder ist alles haarsträubend nahe daran, aufzufliegen; während sich die Handlung entwickelt, wissen wir noch nicht, aus welcher Richtung die Katastrophe zuschlagen wird, aber uns beschleicht immer stärker das Gefühl, daß sie dicht bevorsteht.

Der Mann ist wie andere ein Träumer, obwohl in diesem Fall ein miserabler Träumer. So abstoßend er aber auch sein mag, so ist doch eine der packendsten Ebenen der Geschichte in seiner – gelegentlich objektiven – Introspektion. Man könnte sogar so weit gehen und sagen, daß die Geschichte auf der Introspektion beruht; und durch diese Introspektion auf seiten des im Grunde bösen Protagonisten gelingt es Nabokov, Mitleid nicht nur für die Opfer, sondern in gewissem Maß auch für den Schurken selber zu erregen. Eine Sehnsucht nach Anstand schimmert dann und wann durch den zielstrebigen Zynismus hindurch und inspiriert ihn zu ergreifenden Versuchen der Selbstrechtfertigung; obwohl sich die Grenzen unter dem Zwang seiner Besessenheit auflösen, kommt er nicht herum um die flüchtige Einsicht, daß er ein Monster ist. Und während die Frau, die er heiratet, ein abstoßendes Mittel zu einem kriminellen Zweck ist und das Mädchen ein Werkzeug seiner Befriedigung, kommen doch auch andere Nuancen zum Vorschein. Der Blickwinkel des Texts mag – wie andere Aspekte der Geschichte – zuweilen absichtlich zweideutig bleiben, doch der Wahnsinnige kommt in betäubten Augenblicken der Klarheit nicht umhin, die rührende Seite von Mutter wie Tochter wahrzunehmen. Sein Mitleid mit der ersteren dringt in einer Art Russisch im Rückwärtsgang durch eben die Abneigung hindurch, von der er soviel hermacht; und es ist ein ergreifender Augenblick des Mitleids, wenn wir sie mit seinen Augen als schwanger «mit ihrem eigenen Tod» sehen. Was das Mädchen angeht, so möchte eine zerbrechliche, anständige Partie seiner Seele wahre väterliche Liebe zu ihr fühlen.

Der Zauberer mag ein böser Zauberer sein, aber zum Teil lebt er in einer verzauberten Welt. Und ob er nun ein gewöhnlicher Wahnsinniger ist oder nicht, auf einer besonderen, poetischen Ebene sieht er sich als einen wahnsinnigen König (er weiß also jedenfalls, daß er wahnsinnig ist) – einen König, der flüchtig an andere, thematisch verwandte einsame Nabokovsche Monarchen erinnert und gleichzeitig eine Art lüsterner Lear ist, der in märchenhafter Abgeschiedenheit am Meer mit seiner «kleinen Cordelia» lebt, die er sich für einen kurzen Moment als unschuldige, unschuldig geliebte Tochter vorstellt. Doch wie immer wird aus dem Väterlichen rasch das Infernalische, und die Bestie in ihm taucht in eine so intensive pädophile Phantasie ein, daß ihre folgen eine weibliche Mitreisende dazu veranlassen, das Abteil zu wechseln.

In quälenden Augenblicken der Introspektion erkennt er die Bestie und versucht, sie wegzuwünschen. Im bestialischen Kontrapunkt erscheinen immer wieder raffiniert treffende Bilder – Hyänen in jeder Hygiene; onanistische Tentakeln; das wölfische Grinsen statt des beabsichtigten Lächelns; das Lecken der Lefzen beim Gedanken an seine ohnmächtige, schlafende Beute; das ganze Leitmotiv des Wolfs, der sich anschickt, sein Rotkäppchen zu fressen, mitsamt seinem unheimlichen Echo am Schluß. Diese dunkle Bestie in ihm, diese seine *bête noire* ist immer als die implizite Selbstwahrnehmung des Protagonisten zu verstehen, und in seinen rationalen Momenten ist sie es, die der Zauberer am meisten fürchtet; als er sich bei einem zerstreuten Lächeln ertappt, behauptet er darum mit rührender, unsolider Hoffnung, daß nur «Menschen fähig zur Zerstreutheit» seien und er also vielleicht doch ein Mensch ist.

Die Geschichte ist mit ihren doppel- und tripelbödigen Bildern höchst frappierend angelegt. Zwar trifft es in gewisser Hinsicht zu, daß einige heikle Passagen expliziter sind als sonst bei Nabokov. Doch in anderen Augenblicken ist die sexuelle Unterströmung nicht mehr als die glitzernde Facette eines bildhaften Vergleichs oder das momentweise Abirren eines Gedankengangs, der eigentlich in eine ganz andere Richtung gehen sollte. Vielfache Bedeutungsebenen gibt es bei Nabokov bekanntlich oft. Aber hier wandelt er auf schmalstem Grat, und die Virtuosität besteht in einer absichtlichen Vagheit der verbalen und visuellen Elemente, deren Summe eine komplexe, im übrigen undefinierbare, aber völlig präzise Kommunikationseinheit bildet.

Eine analoge Form der Zweideutigkeit, deren Zweck und Synthese wiederum der genaue Ausdruck eines komplexen Konzepts ist, wird gelegentlich benutzt, um die gleichzeitigen – und miteinander im Widerspruch liegenden – Gedanken auszudrücken, die dem Protagonisten durch den Kopf rasen. Als deutliches Beispiel für das, was ich hierbei im Sinn habe, möchte ich einen solchen Passus anführen, dessen Paradoxe auf den ersten Blick den Leser wie den Übersetzer vor eine schwere Aufgabe stellen. Nähert man sich ihm jedoch, ohne die Weiche zu Gedankengleisen zu sperren, die parallel zu jenem verlaufen, welches zunächst als die Hauptstrecke erscheint, belohnen sie einen wiederum mit einem kristallinen Ganzen, das größer ist als die Summe seiner Einzelteile. Die offene Empfänglichkeit, die hier erforderlich ist und die angesichts einer konventionelleren Art des Schreibens vielleicht einen Overkill bedeuten würde, ist mit jener verwandt, mit der ein sensibles Ohr Bachs Kontrapunkt oder Wagners thematischer Textur begegnet oder die ein eigensinniges Auge einem widerspenstigen Gehirn aufzwingt, wenn ihr Besitzer bemerkt, daß die gleichen Elemente einer trickreichen Zeichnung gleichzeitig beispielsweise einen wehmütig aus seinem Käfig spähenden Menschenaffen und einen Wasserball erge-

ben, der hoffnungslos außer Reichweite inmitten der Spiegelungen eines Sonnenuntergangs auf den repetitiven Wellen
einer azurblauen See auf und ab tanzt.

Statt seinen verhaßten Ehepflichten nachzukommen, ist
der Protagonist ausgegangen und wandert in der Nacht
herum. Er hat verschiedene Alternativen in Betracht gezogen,
wie er sich seiner neuerworbenen, schon jetzt überflüssigen
Braut entledigen könnte, die zwar verheißungsvoll krank ist,
die ihn aber auch mit jedem Augenblick ihres Lebens von dem
Mädchen fernhält, das er begehrt. Er hat an Gift gedacht, vermutlich eine Apotheke betreten, vielleicht etwas gekauft. Bei
seiner Rückkehr sieht er einen Streifen Licht unter der Tür
der «lieben Verschiedenen» und sagt sich: «Scharlatane...
Wir werden bei der Originalversion bleiben müssen.» Die
gleichzeitigen Gedanken hier lassen sich folgendermaßen auf-
zählen:

1. Er ist enttäuscht, daß sie nicht eingeschlafen ist.
2. Er hatte den Schlaf halb bewußt mit dem Tod gleichge-
setzt.
3. Daß wir sie durch seine Augen als die «liebe Verschiedene»
sehen, bezeichnet seine sarkastische Reaktion darauf, daß
sie a) wach und b) am Leben ist.
4. Oder die Wendung «liebe Verschiedene» besagt, daß sie in
seinem Verständnis bereits tot oder so gut wie tot ist.
5. Er muß nunmehr entweder seiner unappetitlichen Braut
beiwohnen oder einen plausiblen Vorwand finden, um gute
Nacht zu wünschen und zu Bett zu gehen (die «Originalversion»).
6. Das Mädchen bleibt für ihn so unerreichbar wie zuvor.
7. Die «Scharlatane» sind
    a) die Apotheker, deren Gift er nicht gekauft hat;
    b) die Apotheker, deren Gift er zwar gekauft, aber nicht
    benutzt hat;
    c) die Apotheker, deren Gift seine besessene Phantasie
    mittlerweile verabreicht hat, so daß er erwartete, die
    Frau tot zu finden; dann aber fand er sie doch wach und

also lebendig vor (statt «Apotheker» lese man die ganze kriminellen Zwecken dienstbar zu machende Pharmazie und Medizin, die ihn irgendwie im Stich gelassen haben);

d) die Gewissensbisse und/oder die Ängste, die ihn veranlaßt haben, den Gedanken an Gift und/oder überhaupt an Mord fallenzulassen; oder

e) die Hoffnung wider alle Hoffnung, daß es ihm gelungen sein möge, ihr Ableben durch seinen bloßen Willen herbeizuführen.

8. Alles Obige verschmilzt in dem Kaleidoskop eines derangierten Geistes.

Hat der Mann die Apotheke wirklich betreten? Hier wie anderswo verbietet es mir meine übersetzerische Moral, Vaters Text etwas hinzuzufügen, um die Sache expliziter zu machen, als sie es im Russischen ist. Die vielschichtige, angenehm eliptische Form des Textes ist ein integrierender Teil seiner Natur. Hätte VN an dieser Stelle nähere Angaben machen wollen, so hätte er es im Original getan.

Zeit und Ort werden in der Geschichte, die wesentlich zeit- und ortlos ist, absichtlich unbestimmt gelassen. Man kann vermuten, daß die dreißiger Jahre fast vorbei sind und wir uns – wie Nabokov später auch bestätigte[18] – in Paris befinden und dann unterwegs nach Südfrankreich sind. Auch gibt es einen kurzen Umweg in eine Kleinstadt nicht weit von der Kapitale. Die einzige namentlich genannte Figur im ganzen Text[19] ist die unwichtigste: die Haushaltshilfe in jener Provinzstadt, die dem unglücklichen Kind beim Packen hilft und die Hühner wegscheucht, als der Wagen davonbraust, in dem sich, endlich vereint, der Protagonist und seine Beute befinden.

18) Siehe «Bemerkungen des Autors I».
19) Zu dem Namen, den Nabokov dem Protagonisten in der Folge beilegte, siehe «Bemerkungen des Autors I» und Seite 88, Zeile 3–11.

Den Forscherköpfen – unter denen es einige fabelhaft sensible Nabokov-Leser gibt – überlasse ich die detaillierte Identifizierung und Dokumentierung der Themen und Ebenen (direkte Erzählung, trickreiche Metaphorik, romantische Poesie, Sexualität, märchenhafte Sublimation, Mathematik, Gewissen, Mitleid, Angst, erwischt und gelyncht zu werden) und desgleichen die Suche nach verborgenen Parallelen zum *Igor-Lied* oder zu *Moby Dick*. Freudianer hätte Vater davor gewarnt, über die flüchtige Erwähnung einer Schwester zu frohlocken, über die sonderbare Regression ins Säuglingsalter am Ende oder über den verzierten Spazierstock (der schamlos phallisch *ist*, aber auf einer völlig anderen Ebene auch die attraktiven «wertvollen» Sächelchen heraufbeschwört – ein weiteres Beispiel ist die seltene Uhr mit dem leeren Ziffernblatt –, mit denen Nabokov seine Figuren zuweilen auszustatten liebte).

Gewisse andere komprimierte Bilder und Wendungen sollten vielleicht erklärt werden, da es ein Jammer wäre, wenn sie vergeudet wären. Hier folgen einige «besondere» Beispiele, im Unterschied zu den vorherigen in der richtigen Reihenfolge.

Der «schwarze Salat, der ein grünes Kaninchen fraß» (Seite 11, Zeile 8/9): Eine von mehreren visuellen Aberrationen (siehe unten), die auf der einen Ebene der Geschichte eine surreale, verzauberte Aura geben, während sie auf einer anderen mit größter Sparsamkeit und Unmittelbarkeit beschreiben, wie die Realitätswahrnehmung einer Figur von einem Gemütszustand verzerrt ist (in diesem Fall von der übermächtigen, vereitelten, kaum versteckten Erregung des Protagonisten).

Eine potentiell geheimnisvollere Stelle ist jene mit dem auf einen Zaun gekritzelten «seltsamen nagellosen Finger» (Seite 27, Zeile 20). Wiederum sind hier absichtliche Zweideutigkeit, gleichzeitige Bilder und Gedanken und mehrere Deutungsebenen im Spiel. Um sie auseinanderzuklauben: Das «bestimmte Ziel», das im Hirn des Mannes in einer Unterschicht zum Vorschein kommt, ist, sich des Mädchens zu bemächtigen, indem er dessen Mutter heiratet. Das vorgestellte

Graffito auf dem Zaun ist die Kreuzung zwischen einem Zeigefinger, wie er auf altmodischen Schildern den Weg wies, und der phallischen Kritzelei eines Witzbolds, an die seine stilisierte, nagellose Form jemanden mit im Grunde verderbten Absichten, der indessen nicht frei ist von in Momenten der Objektivität aufzuckenden Selbstvorwürfen, gleichzeitig ebenfalls erinnert. Der mehrdeutige Finger in dem flüchtigen Bild weist gleichzeitig auch noch den Weg der Werbung (um die Mutter), zu den intimen Körperteilen des begehrten Mädchens und auf die Vulgarität der Hauptfigur selber, die alle Rationalisierung nicht wegerklären kann.

«Ärmel» (Seite 30, Zeile 4): Es geht aus der Stelle klar hervor, daß die arme Frau noch immer die schwer zu Erobernde spielt. Das Wortspiel ist ein verblümtes Echo des russischen Titels, dessen Hauptbedeutung «Zauberkünstler» ist, und verweist auf die Karte im Ärmel des Zauberers – das oberflächliche Drum und Dran der Ehe – und dazu auf den richtigen, lebendigen, mutmaßlich liebenden Gatten, «das lebendige Herz-As». Auch eine parallele introspektive Nuance findet sich hier: Diese Travestie einer Ehe stellt für den Protagonisten einen zynischen Trick dar. Er teilt diesen untergründigen Witz mit dem aufmerksamen Leser, aber natürlich nicht mit seiner künftigen Braut. Wir haben hier die gleiche Art multipler Kompression wie in dem Graffito-Bild.

«Windrose» (Seite 35, Zeile 12: Das Bild meint den Zug, der aus allen Richtungen durch die Fenster kommt, welche die Putzfrau geöffnet hat.

«Datum des 32.» (Seite 35, Zeile 13): Ein weiteres wunderschön konzentriertes Bild, das fast zu schade ist, um durch pedantische Erklärung umgebracht zu werden. Seine heftigen Emotionen – die Aussicht, das Mädchen endlich allein anzutreffen, die ärgerliche Überraschung und Enttäuschung, als er die emsige Putzfrau vorfindet – haben seinen Blick einfach feucht verschwimmen und ein absurdes Datum wahrnehmen lassen. Der Monat ist gleichgültig. Es ist eine Nabokovsche Ironie, aber ein wenig Mitleid mit dem Monster dringt ebenfalls durch.

Eine «sich verdoppelnde Katze» (Seite 65, Zeile 28/29) ist eine Katze, wie ein Kind sie sieht, welches zu müde ist, daß es Mühe hat, den Blick scharf zu halten. Optisch ist sie mit dem «32.» und dem «grünen Kaninchen» verwandt.

Natürlich wäre es möglich gewesen, eine eingehende Erklärung jeder schwierigen Passage zu geben, aber dabei wäre ein gelehrter Apparat entstanden, der länger ausgefallen wäre als der Text selber. Diese kleinen Rätsel, die ohne Ausnahme einen ästhetischen Zweck haben, sollten auch Spaß machen. Dem alles nicht so genau nehmenden Leser, der schläfrig ist von der ungesunden Luft des Flugzeugs und den Gratis-drinks, die er in sich hineingeschüttet hat, steht es beklagens-werterweise frei, dies und jenes zu überspringen, wie er es beim Bestseller *Lolita* so oft gemacht hat.

Was mir persönlich an der Geschichte gefällt, das ist unter anderem ihre Spannung (wie wird die Wirklichkeit den Traum verraten?) und, als ihr Korollar, eine Überraschung auf jeder Seite; ihr unheimlicher Humor (die groteske Hoch-zeitsnacht; der mißtrauische Chauffeur, der auf vage Weise Clare Quilty vorwegnimmt; der Shakespearesche Clown von einem Nachtportier; die verzweifelte Suche des Protagonisten nach einem abhanden gekommenen Zimmer – wird er, wie in *Ein Museumsbesuch*[20], in einer völlig anderen Stadt herauskom-men, oder wird der alte Portier, auf den er schließlich doch stößt, reagieren, als sähe er ihn zum erstenmal im Leben?); die Beschreibungen (der Wald, der von Hügel zu Hügel hüpft, nur um schließlich über die Landstraße zu straucheln, und vieles mehr); die ersten Blicke auf Menschen und Dinge mit einem eigenen parallelen Leben, die beiläufig oder zentral wiedererscheinen werden; die Lastwagen, die unheildrohend durch die Nacht donnern; im Original der glänzend innova-tive Gebrauch der russischen Sprache; die kinohaften Bilder des surrealen Endes und das rasante Tempo, eine Art *stretta finale*, das zu dem krachenden Höhepunkt hin noch zunimmt.

20) In *Erzählungen 2. 1935–1951*, Rowohlt, Reinbek 1989.

Der von Vater gewählte englische Titel hat natürlich ein nicht eben geheimes Echo in dem Hotelnamen «The Enchanted Hunters» (Die verzauberten Jäger) in *Lolita*. Die Suche nach weiteren Ostereiern dieser Art überlasse ich anderen. Man sollte sich jedoch davor hüten, die Bedeutung oberflächlicher Ähnlichkeiten zu übertreiben. Nabokov betrachtete den *Zauberer* als ein völlig selbständiges Werk, das nur in entfernter Verbindung mit *Lolita* stand. Es mag den «ersten leisen Pulsschlag» des späteren Romans enthalten haben, wie er es ausdrückte – und selbst diese Hypothese ließ sich in Frage stellen, wenn man gewisse frühere seiner Werke aufmerksam durchsähe –, doch dürfen wir nicht vergessen, daß die Künste ganz allgemein von ersten Pulsschlägen wimmeln, die auf spätere, größere Werke vorausweisen; es kommen einem verschiedene literarische Kompositionen in den Sinn, etwa Joyces *Porträt eines Künstlers*. Oder umgekehrt mag es eine spätere Mini-Version geben, eine endgültige Destillation wie Massenets *Portrait von Manon*. Jedenfalls ist *Wolschebnik* kein *Portrait von Lolita*: Die Unterschiede zwischen den beiden sind eindeutig größer als die Ähnlichkeiten. Ob der spätere Roman nun eine Liebesaffaire zwischen dem Autor und der englischen Sprache darstellt, eine Liebesaffaire zwischen Europa und Amerika, eine gehässige Darstellung der Motel-Scene und der Landschaft drum herum, eine moderne «freie Übersetzung des *Onegin*» (diese und andere Hypothesen wurden mit Eifer, jedoch mit unterschiedlichen Graden der Ernsthaftigkeit und Glaubwürdigkeit vorgetragen) – *Lolita* ist fraglos das Ergebnis ganz neuer und verschiedener künstlerischer Stimuli.

Da bei der Annäherung an die Genese eines komplexen Kunstwerks engelhafte Unschuld ja wohl besser ist als Torheit, werde ich mich nicht darauf einlassen, zu untersuchen, wie wichtig für *Lolita* Nabokovs genaue Lektüre von Lewis Carroll war; oder seine Beobachtungen in Palo Alto im Jahre 1941; oder Havelock Ellis' Niederschrift der Geständnisse eines ukrainischen Pädophilen, die von Donald Rayfield aus dem Französisch des Originals ins Englische übersetzt wurden (trotz des suggestiven Echos, das Dr. phil. John Ray, Jr., in *Lolita* darstellt, handelt es sich um einen sehr realen britischen Gelehrten). Inmitten gewisser weniger überzeugender Behauptungen entwickelt Rayfield die Theorie, daß dem pseudonymen Viktor auf dem Umweg über Ellis das Verdienst zukommt, «zu Thema und Handlung von *Lolita* und dem seltsamen sinnlichen und intellektuellen Charakter Humbert Humberts beigetragen zu haben, des Helden von Nabokovs bestem englischsprachigem Roman». Und obwohl er sich über das Vorhandensein des früheren *Zauberers* im klaren ist, stellt er die weitergehende Vermutung auf, daß der Bericht des unglücklichen Ukrainers den letzten Anstoß für die Entwicklung von «*Lolitas* Hauptthema» gab.[21] Es ist eine Vermutung, die durchaus Beachtung verdiente, stünde ihr nicht eine gewisse chronologische Tatsache entgegen, auf die ich hinweisen muß: Edward Wilson schickte Ellis' Niederschrift erst 1948 an Nabokov, dem sie vorher nicht bekannt gewesen war – während *Wolschebnik*, der ja doch wohl enthält, was man das «Hauptthema» von *Lolita* nennen kann, schon 1939 fertiggestellt war.

Was den Beitrag des *Zauberers* angeht, so klingen tatsächlich in *Lolita* gelegentlich Gedanken und Bilder daraus auf. Aber wie ich – und viele andere – in der Vergangenheit festgestellt haben, kehren Themen und verschiedenerlei Einzelheiten in Nabokovs Romanen, Geschichten, Gedichten und Dramen des öfteren wieder. In diesem Fall sind die Echos fern und die Unähnlichkeiten beträchtlich: der Schauplatz (geographisch, aber vor allem auch künstlerisch weit entfernt); die Figuren (gelegentliche Reflexe, aber allenfalls undeutlich); Entwicklung und Dénouement (völlig verschieden).

Vielleicht ist ein Mädchen in einem europäischen Park, an

---

21) Für gewisse Einzelheiten und Nachweise bin ich Edwin McDowells Bericht über die Veröffentlichung von *The Confessions of Victor X* durch den Verlag Grove Press verpflichtet, erschienen in der *New York Times* vom 15. März 1985.

das Humbert sich auf einer frühen Seite von *Lolita* erinnert, Nabokovs Art, der kleinen Heldin des *Zauberers* zu gedenken, sie aber gleichzeitig ein für allemal in die Kategorie einer sehr fernen Verwandten zu verweisen.

Dolores Haze mag, wie Nabokov sagt, «immer noch so ziemlich das gleiche Mädchen» sein wie das Opfer des Zauberers, aber nur in der Weise, daß die eine zu der anderen inspirierte, die eine zu der Konzeption der anderen führte. In anderer Hinsicht ist das frühere Kind ein ganz anderes – pervers nur in den Augen des Wahnsinnigen; in ihrer Unschuld unfähig zu einer Sache wie der Quilty-Intrige; sexuell noch nicht aus dem Schlummer erwacht und körperlich unreif, weswegen Weidle sie vielleicht als Zehnjährige im Gedächtnis hatte.

Es wäre ein schwerer Irrtum, auf jenen Rollschuhen des Proto-Nymphchens in einen Garten paralleler Primelpfade davonzurasseln.

Inhalt

Der Zauberer
5

Anhang
81

Bemerkungen des Autors
82

Anmerkung des Übersetzers
85

Über ein Buch mit dem Titel *Der Zauberer*
von Dmitri Nabokov
86

2,50